KB272581

좋은 사람이 이기는 인생 법칙

與人為善的幸福哲學: 吳家德的豐盛人生心法 by 吳家德

Copyright © 2025 Yuan-Liou Publishing Co., Ltd.
All rights reserved.
The Korean Language translation © 2026 Genie's Library Co., Ltd.
The Korean translation rights arranged with Yuan-Liou Publishing Co., Ltd. through EntersKorea Co., Ltd.
이 책의 한국어판 저작권은 ㈜엔터스코리아를 통한 대만 Yuan-Liou Publishing Co., Ltd. 와의 계약으로 (주)지니의서재가 소유합니다.

저작권법에 의하여 한국 내에서 보호를 받는 저작물이므로 무단전재와 무단복제를 금합니다.

좋은 사람이 이기는 인생 법칙

다정함은
오래 남는다

우자더 지음
이지수 옮김

지니의서재

추천사

우자더와의 만남은 기쁨만 가득하다

의사이자 작가, **양스방**楊斯

이 글의 제목은 달라이 라마Dalai Lama와 데즈먼드 투투Desmond Mpilo Tutu 대주교의 대화를 담은 책, 『기쁨의 발견The Book of Joy』에서 영감을 받았다.

우자더와의 만남에는 기쁨만 있는 것이 아니다. 격의 없는 웃음이 늘 함께한다. 나는 나를 진심으로 웃게 해 주는 사람이 아니라면 관계를 오래 유지하지 못한다. 설령 관계를 이어간다 해도, 마음 한편으로는 그 사람을 계속 경계하게 될 것이다.

자더를 만나기 전의 나는 인생을 다소 수동적으로 대하는 사람이었다. 그러나 자더는 다른 사람에게 더 많은 도움과 기회를 건네라고 격려한다. 그것은 곧 나 자신을 돕는 일이기도 하다. 인생에 주도성을 갖고 적극적으로 맞서다 보면, 밀려오는 파도를 넘어설 힘도 생긴다.

나는 내 두 번째 책 『만약 한 사람이 있다면』을 출간하며 타이베이에서 출판 기념회를 열었다. 이 자리에는 황궈전黃國珍 선생님과 장징런張瀞仁 작가를 초대했다. 그리고 용기를 내어 이 인연을 계속 이어 가기로 했다. 자더의 '특기'가 빛을 발한 순간이었다.

이 책은 자더의 여섯 번째 역작이다. 각 장의 시작 페이지에 실린 글귀마다 자더만의 고유한 색채가 또렷이 느껴진다.

특히 첫 장에서 '내 인생의 주인으로 살아가라'는 글귀가 오래 마음에 남았다. 만약 내가 어머니의 기대에 부응하기 위해 의사가 되어 환자를 진료하는 일을 제외한 모든 일을 '쓸데없는 일'이라 여기며 65세까지 쉼 없이 일하다가 은퇴한다면, 그 삶의 주인은 내가 아닐 것이다.

차라리 재테크와 자산 관리를 배워 세계의 아주 작은 일부라도 소유하고, 일 년 중 극히 적은 시간만 일하며, 남은 시간에는 읽고 싶은 책을 마음껏 읽는 삶을 살고 싶다. 나에게 그것이야말로 진정 '내 인생의 주인으로 사는 것'이다.

당신은 지금, 당신 인생의 주인으로 살고 있는가?

주인이 되려면 무엇을 포기해야 하는가?

지금 당장 무엇을 해야 하는가?

오늘부터 모든 것을 바꿀 용기가 있는가?

심지어 자더는 이렇게 말한다. "나만의 이야기가 있는 사람이 돼라."

말재주가 좋아 보이는 사람도, 막상 들어 보면 남의 험담만 늘어놓는 경우가 있다. 그러나 그런 이야기는 결코 '나만의 이야기'가 될 수 없다.

당신이 그동안 해 온 일에 관해 이야기할 때, 다른 사람과 나누고 싶은 나만의 이야기가 있는가? 그런 이야기가 있다면 당신은 '나만의 이야기가 있는 사람'이다. 그런 이야기가 아직 없다면 열심히 살면서 이야기를 만들어 나가야 한다.

나와 자더의 공통점 한 가지를 이야기하자면, '나를 싫어하는 사람을 두려워하지 않는다'는 것이다. 왜일까? 이미 나를 좋아해 주는 사람이 훨씬 많기 때문이다. 나를 싫어한다는 사람은 최대한 모른 척 넘어가려고 한다. 그 사람을 미워하고 쓸데없는 언쟁을 나눌 시간에 차라리 나를 좋아해 주는 사람에게 더 잘하고 싶다. 나는 나를 좋아해 주는 사람에게는 어떻게든 보답할 수 있는 방법을 찾는다. 그럴수록 내 인생은 더욱더 풍족해진다.

자더의 영향을 받아 실천한 일이 정말 많다. 그는 "선의는 나를 더욱 강하게 만든다"고 말했다. 싫어하는 사람에게 복수를 결심하기보다 선의를 베풀라고, 선의의 폭포는 영원히 마르지 않고 흐를 것이라고 말이다.

자더는 이런 질문을 한 적이 있다. "인생의 궁극적인 목표는 무엇일까? 당신은 자신의 묘비명을 생각해 본 적이 있는가?" 대부분의 묘비명은 다른 사람이 써 준 것이고, 당사자가 미리 준비하는 경우는 극소수이다.

오늘 당신의 묘비명을 써 보는 건 어떠한가? 아니면 돌아오는 생일 때마다 한 번씩 써 보라. 그리고 일 년 동안은 묘비명에 적힌 그대로 살아 보는 것이다.

우자더는 이처럼 진지하고 열정적인 사람이다.

보물 창고를 여는 열쇠

후이원고등학교 도서관 주임이자 작가, **차이치화**蔡淇華

"저우쓰지의 친필 사인이 담긴 플레이트, 300만 원 나왔습니다."

우자더가 무대 위에서 외치자 한 남자가 손을 번쩍 들었다. 그날 우자더는 경매를 통해 저우쓰지의 사인 플레이트 두 개를 무려 700만 원에 판매했다. 그리고 전액을 비행 청소년 교육 기관인 '역풍 협회'에 기부했다.

나를 비롯해 현장에 있던 모든 청중은 그의 적극적인 행동에 깊이 감동했다. 동시에 머릿속에 작은 물음표 하나가 떠올랐다. '그의 선행은 진심일까? 몇 년이 지나도 그는 변하지 않을까?'

그 질문에 대한 답을 찾는 일은 그리 어렵지 않았다. 그는 정말, 책에서 말한 그대로였기 때문이다.

우자더는 불교 신자다. 그는 지금도 세속에서 수행 중이다. 자기 일을 사랑하는 것은 물론, 공익을 위한 활동에도 남다른 열정을 쏟는다. 병원과 푸광산 난타이佛光山南台(대만 가오슝에 위치한 불교 예술 복합 건물_역주)에서의 자원봉사, 푸드 뱅크 달력 판매, 독립 서점 발전을 위한 주말 강연, 장애인 음악가를 위한 콘서트 지원 그리고 수많은 모금 활동까지. 지금까지 그의 도움을 받은 사람은 셀 수 없이 많다.

사실 우자더는 지극히 평범한 사람이다. 평범한 가정에서 태어나, 평범한 외모에, 평범한 학벌을 가졌다. 그러나 지금 그의 삶은 결코 평범하지 않다.

삶은 눈 깜짝할 사이에 과거가 된다. 그러므로 현재를 성실히 살아 내어, 곧 다가올 미래를 아름다운 과거로 만들어야 한다. 우자더는 자신과 인연이 닿은 도움이 필요한 사람을 정성껏 돕고, 다양한 분야에서 열정을 발휘하며 살아간다. 그는 금융업과 요식업 종사자이며, 때로는 자선 사업가로서 누구도 대신할 수 없는 자신만의 브랜드를 만들어 가고 있다.

이제는 많은 사람이 그의 비범함을 부러워하고, 그와 같은 능력을 갖고 싶어 한다. 우자더는 그 여정의 전부를 흥미로운 이야기로 엮어 이 한 권의 책에 담아냈다.

"인맥을 양으로 계산한다면, 인연은 질로 판단한다."

"수행이란 자신의 불완전함을 다스리는 과정이다."

"실수를 저지르면, 바로잡는 연습을 할 수 있다."

"사람은 각자 하나의 브랜드다. 사람의 본분을 잘 지키면 브랜드의 가치는 저절로 올라간다."

우자더는 정말 좋은 사람이다. 그는 대가를 바라지 않고 누구에게나 친절하다. 그래서 나는 그를 정말 사랑한다. 아마 그가 무슨 일을 하든, 그의 친구들은 모두 이렇게 생각할 것이다.

'자더의 일은 곧 내 일이다!'

'능력·취미·가치관'이라는 세 가지 요소를 하나로 묶어 세상에 의미 있는 일을 하고 싶다면, 이 책을 읽어 보기를 권한다. 우자더는 보물 창고다. 그리고 이 책은 그 보물 창고를 여는 열쇠가 될 것이다.

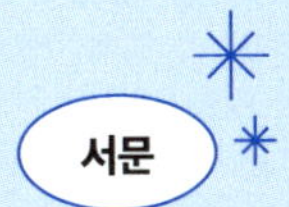

선한 인연은 행복으로 돌아온다

먼저 이 책을 펼쳐 주신 모든 분께 감사드립니다.

'선한 인연은 결국 행복으로 돌아온다'는 말은, 이 책을 통해 여러분께 전하고 싶은 저의 핵심 가치입니다. 이 책은 부담 없이, 재미있게 읽을 수 있도록 이야기 형식으로 써 내려갔습니다. 부디 읽는 동안 작은 즐거움과 여운을 느끼시기를 바랍니다.

인생의 수많은 문제는 사실 대부분 나 자신에게서 비롯됩니다. 그리고 그 누구도 내 인생을 대신 살아 줄 수는 없습니다. 매일 하루하루 최선을 다해 살아가다 보면, 분명 크고 작은 변화가 찾아올 것입니다.

제 글이 모든 분께 깊은 감동을 주지는 못할지도 모릅니다.

사람마다 생각과 삶의 방식이 다르기 때문입니다. 다만 이 책에는 적어도 제 마음을 진심으로 움직였던 이야기만 담았다는 점은 말씀드리고 싶습니다.

나는 어떤 사람이 되고 싶은가?

저는 아주 평범한 사람입니다. 보통 사람이 겪는 삶의 희로애락을 겪었고, 삶이 영원하지 않다는 것도 잘 압니다. 그래서 저는 미약한 힘이나마 이 세상에 보태자고 결심했습니다.

이제 50대에 접어든 저는 어떤 꿈을 꾸고 있을까요? 저는 '이타심'과 '공헌'을 임무로 정했습니다. 그리고 마음을 단련해 초심을 잃지 않도록 계속 노력할 것입니다.

인생이라는 여정은 수련의 과정과 같습니다. 이 과정에서 마주하는 시련과 도전, 즐거움과 행복을 통해 내가 어떤 사람인지 비춰 볼 수 있습니다. 저는 무슨 일이든 적극적으로 임하고 후회를 남기지 말자는 마음으로 살아갑니다. 또 제가 가진 인맥으로 다른 사람을 적극적으로 돕는, 긍정적인 인간관계를 지향합니다.

저는 스스로 어떤 점이 부족한지 잘 압니다. 그래서 끊임없이 배우고 성장하려고 노력합니다. 또한 제가 어떤 천부적인 능력을 갖추었는지도 잘 압니다. 그래서 거기에 열정을 쏟고자 합니다.

저는 언제나 미소 띤 얼굴로, 진심과 최선을 다해 사람을 대하려고 노력합니다. 여러분도 살면서 마음대로 되지 않는 일이 있다면, 생각을 조금만 바꿔 보기를 바랍니다. 그럼 부정적인 기운 대신 감사한 마음이 자리 잡게 될 것입니다.

나이가 성숙한 정도를 나타내는 숫자는 아닙니다. 성숙도는 살면서 어떤 일을 겪었는지, 그 일을 겪었을 때 마음가짐이 어떠했는지에 따라 결정됩니다. 일반적으로 시련과 좌절을 많이 경험할수록 사람은 더 지혜롭고 성숙해집니다.

하지만 예외인 경우도 있습니다. 수많은 시련을 겪었음에도 다른 사람이나 환경만 탓하고, 자신의 태도나 방식은 조금도 바꾸려고 하지 않는 사람도 많기 때문입니다. 이런 사람은 아무리 많은 시련을 겪어도 성숙해질 수 없습니다.

살면서 여러 가지 시련을 겪은 사람은 그 안에서 인생의 법칙과 자신만의 극복 방식을 찾아냅니다. 그리고 그 방식은 자신의 가치관으로 자리 잡게 됩니다.

무엇을 추구해야 할까?

50년을 살면서 인생의 다양한 맛을 경험했습니다. 기분은 그 사람의 심리 상태를 반영합니다. 기쁨, 즐거움, 괴로움, 슬픔… 등 모든 감정은 그 사람의 심리를 반영합니다.

세상은 원래 혼란스럽고 번잡한 곳입니다. 그러므로 그 무엇에도 방해받지 않고 자신이 처한 환경을 빠르게 인지하며 감정을 조절하는 연습을 해야만 합니다. 진실한 마음, 친절함, 선량함으로 다른 사람과 교류하면 인간관계에서 훨씬 자유로울 수 있습니다. 집착을 내려놓고 자비로운 마음으로 누군가를 용서하는 일은 일상생활 속 수행입니다.

아무리 비바람이 거세게 몰아쳐도 비구름이 지나가면 언젠가는 날이 갭니다. 중요한 건 '지나가는' 과정입니다. 모든 것은 언젠가 지나갑니다. 다만 비바람이 지나가는 과정에서 인생의 본질을 깨닫고 자기 자신을 명확하게 돌아보는 것이 중요합니다.

당신의 인생에서 중요한 것은 무엇입니까? 저는 '행복'을 얻는 일입니다. 단순해지면 행복합니다. 작은 것에 만족할 줄 알면 행복합니다. 긍정적인 마음을 가지면 행복합니다. 그래서 제 행복의 핵심은 '단순, 만족, 긍정' 이 세 가지 요소에 있습니다.

인생이 무료합니까? 더 많은 사람을 만나 보세요.

인생이 지루합니까? 더 흥미로운 대화를 나눠 보세요.

인생이 즐겁다면 인생을 즐거운 놀이라고 생각하기 때문입니다. 좋은 인연이 생겼다면 당신이 인연을 소중하게 여겼기 때문입니다.

매일 자신에게 이렇게 물어보십시오. 나는 무엇을 원하는가? 지금 나는 행복한가? 매일 성취감을 느낄 만한 일을 한 가지씩 한다면 언젠가 큰 시련이 다가왔을 때 용감하게 맞설 수 있습니다.

'평범함'과 '평안함'을 얻는 것은 어렵지 않습니다. 하지만 시련을 겪어 보지 않은 사람은 평범함이 무엇인지 모릅니다. 아픔으로 괴로워해 본 적이 없는 사람은 평안함을 모릅니다. 온갖 시련과 좌절을 겪어 본 사람만이 평범함과 평안함을 소중하게 여길 줄 압니다.

'나를 죽이지 못하는 것은 나를 더욱 강하게 만든다'는 유명한 구절이 있습니다. 하지만 제 생각은 조금 다릅니다. 우리를 정말로 강하게 만드는 것은 바로 '선의'입니다. 긍정적인 영향력을 발휘하고 더 많은 사람과 선한 인연을 맺는 것이야말로 삶의 궁극적인 목표가 되어야 합니다.

인생이라는 책을 써 내려가는 사람은 바로 나 자신입니다. 세상의 변화를 직접 경험해 봐야 진짜 인생을 이해할 수 있습니다. 그 과정에서 제 글이 조금이나마 도움이 될 수 있기를 바랍니다.

이 책을 읽어 주실 독자 여러분께 진심으로 감사드립니다. 이 책이 앞으로 계속 나아갈 수 있는 좋은 양분이 되기를 희망합니다.

우자더

목차

Part 3
선이는 나를 더욱
강하게 만든다

Part 4
인생의 궁극적인
목적

우리는 모두 인생이란 항해에서
앞으로 나아가기 위해 애쓰며 살아간다.
지쳐 쓰러질 것 같은 순간도 있고,
때때로 길을 잃고 방황하기도 한다.

인생을 주도적으로 살아가는 방법은 무엇일까?
젊음이라는 밑천을 적극적으로 활용하거나,
직장에서 내 자리를 확실하게 찾거나,
매일매일을 열정으로 꼭 끌어안는 방법도 있다.
이러한 방법을 깨달을 때 미래는 조금씩 변화하기 시작한다.

Part 1

내 인생의 주인으로 살아가라

깨달음의 여정

수행이란 자신의 불완전함을
다스리는 과정이다.

인생에서 겪는 모든 일은 마음을 단련시킨다. 마음이 단단해지면 모든 일이 원만하게 해결된다.

사람은 태어나서 어른이 되기까지 수없이 많은 일을 겪으며 성장한다. 즐거운 일, 괴로운 일, 행복한 일, 슬픈 일, 쉽고 재미있는 일, 어렵고 힘든 일… 이 모든 일은 생명의 성장 과정이자 '나'라는 특별한 한 사람을 만들어 나가는 발자취이기도 하다. 어떤 사람은 시련과 단련을 통해 성공을 이루고 더 나은 사람으로 거듭나기도 하지만, 어떤 사람은 상처 입고 주눅 들어 방향을 잃고 방황하기도 한다.

인생은 그런 것이다. 인간으로 태어난 그 자체가 시련인 셈이다. 의식주가 육신의 필요라면, 희로애락은 정신의 감옥이다. 만약 나를 한 단계 더 발전시켜 인생의 관문을 돌파하고 싶다면 반드시 물질에서 벗어나 정신적인 측면으로 나아가야 한다.

인생을 아주 열심히 그리고 행복하게 잘 살아가기란 결코 쉬운 일이 아니다. 하지만 매일 잘 살아가는 연습이야말로 인생에서 가장 중요한 숙제다. 이 중대한 과제를 조금씩 완성해 나가다 보면 삶의 지혜를 찾을 수 있다.

사람은 '개체'지만 반드시 '단체' 안에서 살아가야 하므로 타인과의 관계나 충돌을 피할 수 없다. 개인의 수행은 단순하고 평범해 보여 깨달음에 이르기 쉬워 보이지만, 하늘은 대개 평탄한 길을 쉽게 내어 주지 않는다. 상황을 엉망으로 뒤흔들고, 문제를 크게도 작게도 만드는 것이 일반적이다. 개인의 작은 문제는 스스로 풀고 자신과 화해하는 마음의 기술로 해결할 수 있다. 그러나 여러 사람이 얽힌 큰 문제는 소통과 이해를 바탕으로, 함께 잘되고 서로가 이기는 결말을 향해 나아가야 한다. 그래서 인생은 필연적으로 한 사람의 세상에서 더 많은 사람이 공존하는 사회로 나아간다. 사람은 무리를 떠나 혼자 생존할 수 없으므로 공동체 안에서 서로 부대끼며 세상의 희로애락을 함께 경험해야 한다.

혼자서도 잘 살아가고, 무리에 섞여서도 잘 살아가는 것이 바로 수행의 길이다. 내가 생각하는 수행이란 바로 '불완전함을 다스리는 일'이다. 이미 완전한 것은 그대로 두고, 불완전한 것을 갈고닦아야 한다. 그렇게 불완전한 것이 완전해지면 그 자체로 해탈이며 수행의 완성이다. 불완전함에서 완전함으로 조금씩 나아가려면 오롯이 전념하고, 시간을 현명하게 사용할 줄 알아야 한다.

마음이 곧 인생을 좌우한다. 우리 몸은 마음이 향하고 있는 그곳에 존재한다. 시간은 쉼 없이 흐른다. 육체의 생명은 유한하지만, 지혜의 생명은 무한하다.

결국 근본적인 수행의 길은 '깨달음'에 있다고 생각한다. 마음을 살피고, 변화를 알아차리는 것, 이것이 바로 내가 삶을 대하는 태도다.

어떻게 하면 더욱 순수하고 깊은 깨달음을 얻을 수 있을까? 나는 '믿음'과 '성찰'에 답이 있다고 생각한다. 믿음은 본질을 비추는 빛으로, 마음을 밝히고 진정한 본성을 발견하게 한다. 자신만의 핵심 가치를 품고 배움의 길을 걷는다면 언제나 바른길로 나아갈 수 있을 것이다. 성찰은 세상의 이치에 대한 깨달음이자 만물에 대한 통찰이다. 일상생활의 순탄함과 어려움을 살피고, 모든 생각과 마음을 깊이 성찰하여 쉽게 놀라거나 두려워하지 않는 정신의 안정을 추구한다.

먼저 자신의 인생을 잘 보살피고, 조금이라도 여력이 된다면 다른 사람을 도와야 한다. 나는 완벽하지 않지만, 그렇기에 공부한다. 때로는 잘못을 저지르기도 하지만 옳은 선택을 하기 위해 연습한다. 인생은 길고, 세월은 천천히 흐른다. 마음 수행을 잊지 않고, 세상의 따뜻함을 느끼며 살아가는 것이 바로 인생이다.

인생이란 기꺼이 받아들이면 괴롭지 않고, 생각을 조금만 전환하면 어려울 것도 없다.

나는 깨달음의 길에서 줄곧 행복을 느끼고 즐거움을 나누고 있다. 이것이 바로 나의 오십 인생이다.

애써 연습하는 마음

이기심은 사람의 본성이고, 자신을 조금 덜
이기적으로 만드는 것은 사람의 능력이다.

놓아주는 것은 사랑이요, 붙잡는 것은 훼방이다.

만약 당신이 은행에 다니는 성인 자녀를 둔 부모라고 가정해 보자. 어느 날 퇴근하고 집에 돌아온 아이가 다른 은행에서 스카우트 제의를 받았는데, 연봉도 훨씬 높고 더 높은 직급으로 승진도 시켜 주기로 했다는 이야기를 전한다. 그러면서 새로운 곳으로 이직해야 할지 당신에게 의견을 묻는다.

대부분의 부모는 만약 그것이 더 좋은 기회이자 조건이라는 점이 명확하고, 법률적으로나 도덕적으로 문제가 없다면 자녀에게 이직을 권유할 것이다. 천하에 어떤 부모가 자식이 잘되기를 원치 않겠는가.

하지만 이번에는 이 자녀가 은행에서 담당하던 주요 고객의 입장에서 생각해 보자. 내가 안정적으로 돈을 모을 수 있게 재무 설계를 해 주던 직원이 어느 날 다른 직장으로 옮긴다고 이야기하면 어떤 생각이 들까? 조금 전 부모의 입장이었을 때처럼 진심으로 그 직원의 앞날을 격려해 줄 수 있을까? 아니면 그가 이직하지 않았으면 하는 마음이 더 클까? 그가 떠나지 않아야 내 자산을 계속 잘 관리해 줄 테니 말이다.

이것은 우리가 충분히 생각해 볼 만한 가치가 있는 문제다. 보통 사람은 당장 '눈앞'에 벌어지는 일만 바라보며 자신이 손해를 보지 않을까 걱정한다. 그러나 당신을 아끼는 사람은 '미래'를 내다보며, 당신이 지금보다 더 발전할 수 있을지 살피고 더 좋은 방향으로 나아갈 수 있도록 축복하고 응원한다.

나 역시 함께 일하던 동료의 이직 소식을 접할 때마다 미래를 내다보는 사람이 될 수 있기를 희망한다. 나의 이기심이 아니라, 부모의 마음으로 누군가의 발전을 내다볼 수 있는 사람이 될 수 있기를 바란다. 누구나 떠나기로 결정하기 전까지 충분히 소통하고 설득할 기회가 있다. 그러니 그의 최종 선택은 존중해 줘야 한다.

이기심은 사람의 본성이다. 하지만 그 본성을 자각하고 넘어서는 일은 인간만이 할 수 있다. 이기심을 이기는 힘은 하루하루 연습한 진실한 마음에서 자라난다. 이렇게 정진하는 마음은 번뇌로 가득한 세상에서 무엇보다 중요하다. 그 유명한 매슬로Abraham Maslow의 5단계 욕구를 보면 생리적인 욕구부터 안전 욕구, 사회적 욕구, 존경 욕구, 자아실현의 욕구로 단계가 올라간다.

일반적으로 사회 초년생은 자산이 부족한 것이 당연하다. 그래서 그들은 열심히 일을 해 생존 욕구를 만족시키려 한다. 그러므로 이 시기에는 더 높은 연봉을 주는 일자리를 선택하는 것이 합리적이다. 현재 직장에서 그에게 더 많은 애정과 관심을 보여 주며 더 높은 차원의 욕구를 만족시켜 주지 않는 한 말이다.

모든 사람에게는 더 나은 사람이 될 권리가 있다. 그것은 돈의 문제만이 아니라, 관계와 성장, 자아실현에 이르기까지 삶 전반에 걸친 권리다. 이렇게 생각해 보면, 삶의 변화는 피해야 할 일이 아니라 받아들여야 할 과정이다. 역지사지를 이해하고 타인을 배려하는 마음을 가진다면, 우리 안에 이기심은 줄어들고 진실한 마음은 깊어질 것이다.

달에서 지구를 바라보면 각도가 달라진 만큼 시야도 달라진다. 우리 마음도 그렇게 달라야 한다.

젊음이라는 선물

축복은 고난의 모습을 하고 찾아온다.
그러니 기꺼이 받아들이자.

시련은 나를 더 나은 사람으로 만든다.

어려운 일을 많이 겪을수록 문제 해결 능력이 강해진다는 이치는 누구나 잘 알고 있다. 다만 어려운 일이 닥쳤을 때 비겁하게 도망치느냐, 당당하게 맞서 싸우느냐에 따라 차이가 생긴다. 이러한 선택은 한 사람의 성격을 결정짓는다.

어떤 사람은 시련이 닥쳤을 때 긍정적으로 생각하고 문제를 해결하기 위해 적극적으로 나서는 반면, 어떤 사람은 종일 불평불만만 늘어놓으며 어떻게든 문제를 회피하고 도망칠 궁리만 한다.

왜 사람은 시련에 맞서기보다 도망치고 싶어 할까? 아마도 압박감 때문일 것이다. 압박감을 이겨 낼 힘은 끝없는 연습을 통해 얻을 수 있다. 그리고 이러한 연습은 빨리 시작할수록 효과가 더 좋다. 예를 들어 이십 대 때는 어떤 일을 시도하든 부담이 없고, 오직 성공만을 바라보고 과감히 도전할 수 있다. 하지만 오십 대가 되면 이야기가 달라진다. 고집은 세지고, 남에게 쉽게 허리를 굽힐 수도 없으며, 실패가 두려워진다. 그러니 한 살이라도 젊을 때 매년 압박감을 견디는 연습을 해야 한다. 그러면 나이가 들었을 때 닥칠 시련을 비교적 편안하게 받아들일 수 있게 된다. 이러한 연습 없이 맞이하는 미래는 온통 울퉁불퉁한 길뿐이다. 나이 들어 고생하는 것보다 일찌감치 준비하는 것이 훨씬 낫지 않겠는가.

현대인은 각양각색의 압박에 시달린다. 그러나 그중에서도 가장 많은 사람이 직면하는 압박감은 아무래도 '돈'에 관한 문제일 것이다. 돈이 인생의 전부는 아니지만, 돈이 없으면 세상을 살아가기 힘들다. 나는 대학 시절 경제적 상황이 좋지 않아 일찌감치 돈에 대한 압박감에 시달렸다. 그래서 과외를 비롯한 다양한 아르바이트를 해서 열심히 돈을 모았고, 노후 대책을 위한 재테크 공부도 하며 돈이 내 인생을 좌우하지 못하도록 대비했다. 당시에는 힘들었지만, 나는 한 살이라도 젊었을 때 이런 경험을 한 것이 오히려 다행이라고 생각한다. 이런 종류의 압박감은 시간이 흐르면 흐를수록 더욱 무겁게 다가올 테니 말이다.

돈이 없으면, 열심히 돈을 벌면 된다. 시간과 전문성, 인맥 등을 활용하면 누구나 돈을 벌 수 있다. 다만 경계해야 할 것은 노력 없이 너무 쉽게 돈을 벌려는 마음이다. 티끌 모아 태산이라는 진리와 복리의 효과도 잊지 말자.

능력이 없으면, 열심히 능력을 키우면 된다. 능력은 단숨에 얻을 수 있는 것이 아니다. 집을 짓는 것처럼 수년에 걸쳐 차근차근 쌓아 올려야 견고하게 오래 유지될 수 있다.

사랑이 없으면, 열심히 자비로운 마음을 내는 연습을 하면 된다. 자비는 마음속에 품은 생각이고, 가장 큰 지혜다. 타인에게 친절히 대하고, 자신의 마음을 수련하다 보면 사랑은 절로 넘치게 된다.

돈, 능력, 사랑 모두 정성을 다해 돌보고 가꾸어야 더욱 풍성해진다. 이 세 가지는 서로 충돌하지 않고 평화롭게 공존할 수 있다. 육신의 안녕은 돈과 능력이 있어야 안정적으로 유지될 수 있고, 영혼의 평안은 마음속에 흘러넘치는 사랑으로 얻을 수 있다.

그 어떤 시련이 찾아와도 긍정적인 마음가짐을 유지하는 것이 가장 중요하다. 그런데 아이러니하게도 긍정적인 마음가짐을 단련하는 방법은 역으로 더 많은 시련을 경험하는 것이다. 어려운 일을 많이 해결해 보면 문제 해결 능력도 발달한다. 그러니 젊음이라는 선물을 적극 활용해 스스로를 다양한 압박감에 노출시키자. 압박감이 먼저 당신을 찾아오기 전에 말이다. 축복은 시련의 모습을 하고 우리에게 찾아온다. 그것을 기꺼이 받아들이고 압박감을 견디다 보면 어느새 아름다운 인생이 펼쳐질 것이다.

꿈을 향한 여정

변화는 잘못이 아니다.
하지만 변화를 두려워하는 것은 큰 잘못이다.

예전에 한 대학교에서 직장 생활에 관한 강의를 한 적이 있다. 직장 생활은 살면서 누구나 경험하는 과정이다. 일반적으로는 대학을 졸업하고 첫 직장에 들어가는 순간부터 직장 생활이 시작된다. 그러나 학생 시절 아르바이트를 하느라 열다섯 살 무렵부터 직장 생활을 시작하는 사람도 있고, 박사 학위를 받느라 서른을 훌쩍 넘겨서야 직장 생활을 시작하는 사람도 있다. 남보다 일찍 시작했든, 늦게 시작했든 직장 생활은 인생의 대부분을 차지한다.

당시 학교에서 요청한 강의 주제는 'CEO에게 배우는 직장 생활 필수 능력'이었다. 이 주제는 개인의 경쟁력을 기르는 것에서부터 직장 문화의 차이까지 다양한 이야기를 나눌 수 있었다.

나는 직장 생활을 하나의 여정으로 보고 다음과 같은 다섯 가지 질문을 학생에게 던졌다.

나는 현재 어디에 있는가?

어떤 곳으로 가고 싶은가?

왜 그곳으로 가고 싶은가?

어떤 방법으로 그곳에 갈 수 있는가?

그곳에 도착한 그다음은?

그리고 이 다섯 가지 질문을 바탕으로 직장 생활의 여러 가지 모습과 나아가 철학적인 사고도 함께 나눌 수 있었다.

'나는 현재 어디에 있는가?'는 아주 재미있는 질문이다. 이 질문을 받은 순간 당신은 집에 있거나, 학교에 있거나 혹은 회사에 있을 수 있다. 스마트폰의 지도 앱을 켰을 때 파란 점으로 깜박이는 곳이 바로 현재 내가 있는 곳이다.

어떤 여정을 시작하려면 현재 내가 어디에 있는지 아는 것이 무엇보다 중요하다. 인생은 돌아오지 않는 편도 여정이기 때문에 매 순간이 소중하고 낭비할 시간이 없다. 이 질문은 자신이 현재 어디에 있는지를 묻고 있지만, 현재 위치를 파악하는 것만으로는 충분하지 않다. 대학에서의 전공, 특별한 기술이나 능력, 인간관계, 예술적 소양까지 자기 자신을 면밀히 점검해야 한다. 내가 가진 능력이 무엇인지 정확하게 파악해야 긴 여정에서 맞닥뜨리는 각종 난관을 무사히 극복하지 않겠는가.

모든 일은 모름지기 계획을 세운 다음 실행에 옮겨야 한다. 자신의 현재 위치와 상황을 정확하게 파악한 다음 행동하면 실패할 확률이 적기 때문이다. 자기 자신의 조건과 능력을 제대로 점검하지도 않은 채 유행이나 주변 사람의 말만 따라 무작정 길을 나서면, 어느 순간 내가 원하지 않은 길 위에 서 있다는 걸 깨닫게 될 것이다. 그제야 뒤돌아 시작점으로 돌아가자니 엄두가 나지 않고, 계속 그 길을 걸어가자니 행복하지 않다. 결국 이러지도 못하고 저러지도 못하는 진퇴양난에 빠지게 된다. 이런 상황에서는 늦게라도 자신의 열정과 재능을 찾아 한 살이라도 젊을 때 다양한 시도를 해 보고, 그 길이 정말 아니다 싶으면 과감하게 다른 길로 방향을 트는 것이 최선이다. 시행착오의 비용은 생각보다 크지 않고, 다시 시작하는 건 언제라도 늦지 않다.

천 리 길도 한 걸음부터라고 했다. 자신에 대한 점검이 끝났으면 이제 정말로 길을 나서야 할 때다. 이때 자신에게 두 번째 질문을 던져야 한다.

'어떤 곳으로 가고 싶은가?'

이 질문을 해석하면 '꿈이 무엇인가'라는 의미다. 내가 가진 자원과 능력이 무엇인지 파악했다면, 이제 내가 도달하고 싶은 목적지가 어디인지 자신에게 물어봐야 한다.

과연 인생의 궁극적인 목적은 무엇인가? 죽기 전에 꼭 이루고 싶은 목표는 무엇인가? 젊었을 때는 부와 명예를 추구하고, 나이가 들어서는 정신과 내면에 집중한다.

나는 젊었을 때 기업의 대표가 되는 것이 꿈이었다. 그래서 나의 목적지는 'CEO' 즉, 최고경영자였다. 그리고 그 후 이십여 년을 착실하게 일한 결과 드디어 최고경영자라는 목적지에 성공적으로 도착할 수 있었다.

지난 이십여 년의 직장 생활을 돌아보면, 직업을 대하는 마음가짐은 때에 따라 변화했다. 건강 상태, 결혼과 자녀의 출생, 주변 친구의 변화 등 나를 둘러싼 상황에 따라 가치관도 조금씩 달라졌다. 나이가 들어 새로운 만남과 이별의 기회가 많아지면 부득이 목적지를 바꿔야 할 가능성도 커진다. 변화는 잘못된 것이 아니다. 하지만 변화를 두려워하는 것은 큰 잘못이다.

그럼 이제 '왜 그곳으로 가고 싶은가?'에 대해 생각해 볼 차례다. 이번 질문은 한편으로는 과학적으로, 또 한편으로는 철학적으로 접근할 수 있다. 과학적이라는 것은 회사에서 어떤 직급을 담당하고, 연봉을 얼마나 받을 수 있을지 등을 계량화된 지표를 사용해 확률을 계산해 볼 수 있다는 의미다. 한편 철학적으로 접근할 때는 정해진 기준이나 답이 없다. 일을 할 때 얼마나 즐겁고 행복할 수 있을지, 얼마나 마음 편하게 일할 수 있을지 등을 생각해 봐야 한다.

이 질문의 '왜'에 대한 답을 찾으려면 나를 움직이게 하는 '추진력'을 찾는 것이 중요하다. 동기가 분명하고 강한 열망이 있어야 한다는 뜻이다. '당신이 진심으로 원하면 온 우주가 길을 열어 준다'는 말처럼 말이다.

자신에게 '왜'라는 질문을 던지는 것은 핵심 가치관을 확립해 나가는 과정이기도 하다. 이처럼 끊임없는 자문자답을 통해 직장 생활, 나아가 우리 인생은 더욱 단단해진다.

'왜 그곳에 가고 싶은가?'에 대한 답을 찾았다면 이제 '어떤 방법으로 그곳에 갈 수 있을까?'에 대해 고민해 봐야 한다.

즉, 구체적인 행동 계획을 세우고 전략 지도를 그려야 한다. 꿈(목적지)이 방향이라면, 선택(도구)은 방법이다. 먼저 방향을 정한 다음 그에 알맞은 방법을 사용하는 것이 올바른 순서다. 예를 들어, 당신이 서울에서 어디로 가야 할지도 정확히 모른 채 무작정 남쪽으로 향하는 고속 열차를 탔다고 치자. 그렇게 해서 도착한 곳은 부산인데, 아무리 빠르고 편안하게 도착했다 하더라도 그곳이 당신이 원하던 목적지가 아니라면 다시 서울로 돌아와야 한다. 그럼 돈도, 시간도, 체력도 모두 낭비만 한 셈이 아닌가? 그런데 만약 내가 가고자 하는 방향을 알고 있다면, 설령 고속 열차를 탈 만한 경제적 능력이 없더라도 다른 교통수단을 이용하거나 아는 사람에게 부탁해 조금 느리더라도 정확한 목적지를 향해 조금씩 나아갈 수 있다.

첫 단계에서 자신이 가진 능력과 자원을 면밀히 살펴보는 것이 중요하다고 한 이유도 바로 이 때문이다. 자신의 상황을 정확히 이해한 다음, 도달하고 싶은 목적지를 정하고, 왜 그곳에 가고 싶은지 명확한 이유를 설명할 수 있다면 당신의 꿈을 향한 여정에 제대로 오른 것이다.

모든 과정이 순조롭게 진행된다면 언젠가 목적지에 무사히 도착하게 된다. 그런데 인생은 끊임없이 순환하기 때문에

'목적지에 도착한 그다음'을 또 한 번 고민해 봐야 한다. 물론 그 전에 먼저 산 정상에 한번 끝까지 올라 봐야 한다. 두 번째 산을 오르는 시기는 사람마다 다른데, 나의 경우에는 인생의 후반부에 이르러서였다.

'만약 꿈을 이루었거나, 정상에 올랐다면 이제는 젊은 세대가 그 성취감을 느낄 수 있게 도와주자.'

목적지에 도착한 다음 나는 이렇게 다짐했고, '교육'과 '경험의 전수'를 가장 중요한 과제로 삼고 있다. 나이가 드는 동안 멋진 무대에서 내가 가진 기량을 마음껏 뽐냈다면 이제는 젊은 세대에 무대를 내어 줄 차례다. 무대의 주인공이 아닌, 그들을 진심으로 응원하는 조력자의 자리에서 말이다.

이 다섯 가지 질문은 직장 생활뿐만 아니라 인생의 모든 여정을 바로잡는 데 아주 유용한 방법이 될 것이다.

더 나은 내가 되기 위한 약속

인생이란 학교에는 입학식은 있지만,
졸업식은 없다.

2018년 페이스북에 이런 글을 올린 적이 있다.

> 5년 안에 꼭 이루고 싶은 꿈이 한 가지 있다. 대학교 졸업식에서 졸업 연설을 하는 것이다.

당시 스티브 잡스Steve Jobs를 비롯한 여러 유명 기업 CEO들의 대학교 졸업식 연설이 큰 화제를 모으면서, 나도 언젠가 이제 막 사회에 첫발을 딛는 졸업생 앞에서 멋진 연설을 하고 싶다는 꿈이 생겼다.

그런데 2021년, 코로나19가 전 세계를 휩쓸면서 거의 모든 학교의 수업이 온라인으로 전환되었다. 대학생은 학교가 아닌 집에서 수업을 들었고, 학교에서는 졸업식을 개최해야 할지 말아야 할지에 관한 문제로 고민했다. 다행히 얼마 지나지 않아 전염병 확산이 조금씩 진정세를 보이면서 학교는 정상적인 대면 수업을 재개할 수 있었다.

어느덧 2023년 봄이 되었고, 내가 꿈을 이루겠노라고 온 우주에 공표한 지 만 5년이 다가오고 있었다. 그 무렵 놀랍게도 나의 모교인 위엔즈元智대학교 총장님으로부터 2023년 졸업식에서 후배들을 위한 축사를 해 줄 수 있겠냐는 전화를 받았다. 나는 이 소식을 듣고 기쁨을 주체할 수 없었다. 막연히 품었던 꿈이 현실이 되다니! '생각한 대로 이루어진다'는 말이 이보다 더 와닿을 수는 없었다.

그날 나의 졸업식 축사는 다음과 같았다.

귀빈 여러분, 그리고 졸업생 여러분 안녕하세요.

저는 위엔즈대학교 동문 우자더라고 합니다. 30년 만에 모교에 돌아와 오늘 졸업하는 후배 여러분 앞에서 졸업식 축사를 발표하게 되어 진심으로 영광입니다.

저는 오늘 여러분에게 세 가지 이야기를 전하려고 합니다. 이 세 가지는 대학에서의 공부와 관련된 이야기지만, 살다 보니 졸업 이후의 인생과 더 많은 관련이 있었습니다. 그래서 오늘 이 세 가지 이야기를 통해 여러분과 졸업 이후의 인생에 관한 이야기를 나누고 싶습니다.

여러분에게 전하고 싶은 첫 번째 이야기는 시험 성적과 등수는 한순간이지만, 친절과 선량함은 영원하다는 것입니다. 저는 오늘 축사를 위해 오래전 성적표를 다시 찾아봤습니다. 성적표 가장 위에 나와 있는 저의 최종 졸업 성적은 76.72점으로, 같은 반 52명의 학생 중 24등이더군요. 만약 제가 오로지 높은 성적과 등수만을 성공한 인생의 기준으로 생각했다면, 오늘 이 영광스러운 자리에 함께하지 못했을 거라는 이야기를 후배 여러분에게 하고 싶습니다.

저는 대학을 졸업하고 오랫동안 회사의 실무자로 일했습니다. 사회에 첫발을 내디딘 지 9년 만에 능력을 인정받아 은행의 지점장으로 승진해 저만의 사무실을 갖게 되었죠. 그 이후 실적이 좋아 수많은 상패를 받기도 했습니다. 그 상패들은 제 사무실 선반을 가득 채울 정도였답니다.

그러던 어느 날, 제 사무실을 청소해 주시는 여사님이 실수로 제가 가장 아끼는 상패를 바닥에 떨어트려 깨뜨렸습니다. 요란한

소리가 나서 뒤돌아보니, 여사님이 얼굴이 하얗게 질려 어찌할 바를 모르고 계시더군요. 아마 일자리를 잃게 될까 두려운 마음도 크셨을 거예요. 그때 과연 제가 어떤 말을 했을까요?

저는 이렇게 말했습니다.

"여사님, 다친 곳은 없으신가요? 다치지 않으셨다면 다 괜찮습니다. 깨진 상패는 너무 마음 쓰지 마세요."

그때 제 나이가 사십 대 초반이었는데, 만약 이십 대였다면 불같이 화를 냈을지도 모르죠. 하지만 나이가 들면서 깨달은 바가 있습니다. 친절이야말로 이 세상에서 가장 가치 있는 상패라는 걸 말이에요. 타인에 대한 친절과 선량함은 인생에서 가장 중요한 핵심 가치가 되어야 합니다. 여러분의 시험 성적과 등수가 어떠하든, 그건 단지 숫자에 불과합니다. 친절과 선량함을 추구하는 인생만이 여러분에게 진정한 행복과 즐거움을 가져다줄 수 있어요.

여러분에게 해 주고 싶은 두 번째 이야기는 대학을 졸업하고 사회에 진출한 다음이야말로 진정한 공부의 시작이라는 사실입니다. 공부는 아주 긴 마라톤 경기와 같습니다. 앞서 말했듯이, 대학에 다니는 동안 저의 성적은 그리 뛰어나지 않았습니다. 하지만 현재의 저는 자신감과 열정이 넘치는 사람입니다. 어떻게 그렇게 될 수 있었을까요? 공부를 진심으로 사랑하기 때문입니다. 인생이라는 학교에는 입학식은 있지만, 졸업식은 없습니다. 배움에는 끝이 없다는 말이죠. 기술이 빠르게 발달하는 현대 사회에서는 스스로 공부에 대한 동기를 찾는 것이 매우 중요합니다. 그래야만 직업적으로도 성공할 수 있어요.

저는 대학을 졸업하고 10년째 되던 해에 다시 공부를 시작해 석사 학위를 받았습니다. 그리고 3년 전, 저의 아들이 대학에 입학할 때 저 역시 박사 과정을 밟기 시작했습니다. 지금도 열심히 공부하고 있죠. 예전에는 오직 시험을 보기 위해 책을 읽었다면, 이제는 새로운 지식을 탐색하고 더 나은 내가 되기 위해 책을 읽습니다.

그러니 오늘 여러분이 어떤 학위를 받고 졸업하든, 부디 공부를 계속할 수 있기를 바랍니다. 모든 성공이 책으로부터 시작한다는 말은 결코 틀린 말이 아니에요.

공부에 관해서 제 소회를 두 가지만 더 이야기하겠습니다.

첫째, 자신이 좋아하는 분야를 찾아 몰입해야 합니다. 몰입하면 배움의 깊이가 깊어지고, 공부 효과도 훨씬 좋아질 수 있어요.

둘째, 직장에 들어갔다면 본받고 싶은 롤 모델을 찾아 배우는 것이 중요합니다. 저는 은행에 취업하기 전 호텔에서 아르바이트를 하면서 그곳의 지배인님께 뛰어난 리더십을 배울 수 있었습니다. 그리고 은행에 취업해 제 상사였던 우쥔룽吳均龐 선배님을 진심으로 존경하며 따랐습니다. 여러분도 그분의 저서 『여우와 사자狐狸與獅子』를 꼭 한번 읽어 보시기를 바랍니다.

여러분에게 해 주고 싶은 세 번째 이야기는 열정으로 세상을 움직이고, 자신의 인간관계로 다른 사람을 도우며 살아가라는 것입니다. 대학에 갓 입학했을 때, 저는 굉장히 내성적이고 조용한 학생이었습니다. 하지만 여러 봉사 활동에 참여하고, 아르바이트를 하면서 다양한 사람을 만났고, 그들과 상호 작용하면서 저의 성격도 조금씩 바뀌었습니다. 물론 지금도 여전히 내성적인 편이지만 그때보다는 훨씬 외향적인 사람이 되었죠.

제가 외향적인 성격으로 변할 수 있었던 계기는 두 가지였습니다. 첫 번째는 은행에서 영업 업무를 맡으면서였고, 두 번째는 안닝병원에서 자원봉사를 하면서부터였죠. 은행에서 영업 업무를 한 덕분에 저는 좌절을 두려워하지 않게 되었고, 병원에서의 자원봉사는 저를 조금 더 따뜻한 사람으로 만들어 주었습니다. 그리고 이 두 가지 역할 덕분에 제 핏속에는 열정이라는 DNA가 끓어오르게 되었습니다. 진정한 열정은 다음과 같은 세 가지 요소를 갖추고 있습니다. 바로 미소, 긍정적인 마음가짐, 적극적인 태도입니다. 각각 우리의 몸과 마음과 영혼을 대표하는 것이죠. 열정을 품으면 인생이 즐겁습니다. 인간관계를 넓히는 데도 큰 도움이 되죠. 예전에 저는 인간관계가 그리 넓지 않았습니다. 하지만 지금 저의 인간관계는 아주 넓고, 앞으로도 더욱 확대될 예정이죠. 이 모든 건 열정 덕분입니다. 사람은 누구나 열정적인 사람과 친구가 되고 싶어 합니다. 그래서 저에게 먼저 다가오는 친구들이 많아졌고, 사람들도 제가 새로운 사람을 사귀고 만나는 목적이 다른 사람을 돕기 위한 것이라는 사실을 알기에 오랫동안 좋은 관계를 유지할 수 있었습니다.

인간관계가 줄기라면, 열정은 그 뿌리입니다. 열정으로 세상을 움직이고, 인간관계는 나의 욕심을 채우기 위한 것이 아니라 이타적인 도구로 사용해야 합니다.

저는 최근에 몇 권의 책을 출판한 덕분에 모교로 돌아와 후배 여러분들 앞에서 강연할 기회도 있었고, 동문회 활동에도 활발히 참여하고 있습니다. 학교는 두 번째 집입니다. 여러분도 학교를 졸업한 후에 언젠가 감사한 마음으로 모교에 돌아올 수 있기를 고대합니다. 감사합니다.

이렇게 해서 2023년 졸업식 연설을 무사히 마쳤다. 그리고 2024년 가을, 감사하게도 신입생 입학식에 귀빈으로 초청받아 연설을 하게 되었다. 그날 연설의 주제는 '더 나은 내가 되기 위한 약속'이었다. 나는 2천 명이 넘는 신입생 앞에서 만약 내가 다시 대학생으로 돌아간다면 하고 싶은 다섯 가지 일을 이야기했다.

첫째, 이루고 싶은 꿈을 큰 소리로 외칠 것이다.

둘째, 끊임없이 배울 것이다.

셋째, 더 용감하게 도전할 것이다.

넷째, 언제나 감사한 마음으로 살아갈 것이다.

다섯째, 긍정적인 태도를 가질 것이다.

졸업식 연설에서도 강조했듯이 '꿈, 배움, 도전, 감사, 긍정'이라는 이 다섯 가지 요소는 재학생이든 졸업생이든 언제나 마음속에 지녀야 할, 사회에서 나를 안전하게 지켜줄 부적 같은 것이다.

모교에서의 졸업식 연설과 입학식 연설 모두 내 인생에서 잊지 못할 대단히 영광스러운 순간이었다.

열정적인 태도

일은 우리가 더 나은 자신으로
성장하기 위한 중요한 열쇠다.

인생의 서사는 과거, 현재, 미래로 이루어진다.

과거는 좇을 수는 없지만, 추억할 수 있다. 과거의 일은 기뻤든 슬펐든 모두 지나간 기억이다. 그 기억은 현재 어떤 일을 하는 동기가 되기도 하고, 발목을 잡는 방해물이 되기도 한다. 기억은 축복도 아니고, 저주도 아닌 그저 하나의 사건일 뿐이다. 그러나 그 사건을 바라보는 관점이 현재 당신의 모습을 결정한다.

현재는 지금, 이 순간이다. 당신은 지금을 누릴 수 있는 것만으로도 감사한 마음을 가져야 한다. 현재는 인생에서 가장 아름다운 순간이기 때문이다. 마음껏 상상하고, 신나게 춤추고 노래 부르고, 울고 웃으며 당신이 하고 싶은 그 무엇이든 할 수 있는 순간이다. 현재는 살아 있는 것이 곧 축복이다.

행복한 미래는 현재에서부터 시작된다. 현재 꿈이 있는가? 꿈이 없다면 어떻게 해야 할까? 꿈은 거창할 필요 없다. 인생의 주인은 바로 당신이므로, 당신이 결정하면 그만이다. 미래에 대한 약간의 기대감, 현재의 즐거움, 과거의 자신감을 채워 줄 정도면 충분하다.

나의 가장 큰 꿈은 내가 가진 능력으로 도움이 필요한 사람들에게 도움을 주는 것이다. 우리는 언젠가 과거가 된다. 그러므로 지금, 이 순간을 소중히 여겨 미래를 아름다운 과거로 만들어야 한다.

나는 1997년에 처음 직장 생활을 시작해 벌써 28년을 일했다. 시간이 정말 빠르지 않은가! 눈 깜짝할 새 중년이 되어 버리다니. 하지만 시간은 공평하다. 누구에게나 하루는 24시간이 주어지기 때문이다. 다만 다른 점은 주어진 시간을 활용하는 능력이다.

강연하다 보면 청중에게 '인생을 대하는 태도'에 대한 질문을 많이 받는다. 그때마다 나는 "매일 열정적인 태도로 살아가라"고 대답한다. 내가 이야기하는 열정에는 '미소, 긍정적인 마음가짐, 적극적인 태도' 이 세 가지 요소가 포함된다. 매 순간 열정적인 태도를 유지하는 일이 쉽지는 않다. 건강한 신체를 유지해야 할 뿐만 아니라, 기분도 적절히 조절해야 한다. 무엇보다 자신이 어떤 인생을 살고 싶은지 명확히 아는 것이 중요하다.

태양이 이제 막 동쪽에서 떠올랐을 때는 빛은 있지만 뜨겁게 달아오르지 않은 상태다. 사람의 인생에 비유하자면 세상에 태어나 학교에 다니는 시기다. 학교를 졸업하고 사회에 나가 점차 성장하다 보면 해가 중천에 떠 있는 시기, 인생에서 가장 에너지가 강한 시기가 온다. 직장 생활을 하는 동안은 이렇게 강한 에너지를 유지해야 때때로 마주하는 난관을 극복할 수 있다. 그러고 나면 해가 서쪽으로 서서히 저무는 시기가 온다. 대부분의 사람이 은퇴 후 편안한 노후를 보내는 때다. 아직 태양의 온기가 남아 있다면, 그 에너지는 인생에서 정말로 중요한 일과 소중한 사람에게 사용해야 한다.

졸업식 연설에서 태양이 떠오르는 시기에 관해 이야기했다면, 이 장에서는 '해가 중천에 떠 있는 시기'에 대해 조금 더 이야기해 보려고 한다. 우리는 인생에서 가장 긴 시간을 일을 하면서 보낸다. 그렇기 때문에 이 시기를 잘 관리하는 것이 중요하다. 일은 우리가 더 나은 사람으로 성장하기 위한 중요한 열쇠다. 이 열쇠는 행복의 원천이자, 에너지의 근원이기도 하다. 그렇기 때문에 즐겁지 않은 일을 하면 에너지를 얻기도, 열정을 불러일으키기도 힘들다.

일은 인생에서 대부분의 시간을 차지하기 때문에 좋아하지 않는 일을 하는 사람은 행복하지 않을 가능성이 높다. 한편 자신이 좋아하는 일을 하면 인생이 언제나 천국에 있는 것처럼 행복할 것이다. 나는 '일을 통해 꿈을 이루고, 꿈을 통해 일을 완성한다'는 가치관을 추구해 왔다.

사실 일이라는 것이 언제나 좋을 수만은 없다. 하지만 그렇다고 일이 늘 힘들고 싫기만 한 것도 아닐 것이다. 일을 하면서 맞닥뜨리는 어려움은 시간과 장소에 따라 다양하다. 어느 때는 사람으로 인해 힘들고, 또 어느 때는 일 자체가 까다로워 고생하기도 한다. 어떤 직업이든 장단점이 공존하기 마련이다.

일을 통해 인생이 더욱 행복해지려면, 일의 의미와 성취감을 찾는 것이 중요하다. 다시 말해, 일에 대한 강렬한 흥미와 동기를 찾을 수 있다면 즐겁게 일에 몰입할 수 있고, 원하는 목표를 달성할 수 있다.

흥미와 동기의 결합이 바로 우리의 꿈이다. 좋아하는 일을 하면서 호기심과 즐거움으로 가득한 열정을 발휘하는 것, 이것이 바로 꿈을 이루는 공식이다.

좋은 일자리를 찾는 건 어렵지 않다. 꿈을 갖는 것도 마찬가지다. 진짜 어려움은 스스로 생각하거나 찾으려 하지 않고, 꿈조차 꾸지 않으려 하는 게으른 태도에서 비롯한다.

나는 열정적으로 시도하는 것을 좋아하고, 이러한 열정으로 언젠가 꿈을 이룰 거라 믿는다.

누구나 원만한 인간관계를 유지하고 싶어 한다.
원만한 인간관계의 핵심은 누구를 만나느냐가 아니라,
만나는 사람과 어떻게 상호 작용하느냐에 달렸다.
때로는 경청하고, 때로는 대화하며 자신만의 이야기를 쌓아 가라.
그 이야기가 누군가에게 따뜻한 힘이 될 수 있기를.

Part 2

나만의 이야기가 있는 사람

세상에서 가장 어려운 것은 사람

진심으로 사람을 대하고, 성실하게 조금씩 나아간다면
누구에게나 사랑받는 사람이 될 수 있다.

모두에게 사랑받는 사람이 되려고 하지 말고, 나 자신을 좋아하는 사람이 되려고 해 보자.

타인과 관계를 맺고 살다 보면 그 안에서 다양한 문제가 생겨나고, 우리는 그것들을 해결하기 위해 끊임없이 노력한다. 나 혼자만의 문제를 해결하는 것은 비교적 수월하다. 자기 자신과 깊고 진솔한 대화를 나누고, 자신의 장단점을 분석하다 보면 자신이 좋아하는 모습을 만드는 건 생각보다 간단하다.

하지만 다른 사람과 관계를 맺고 어울리는 일은 결코 간단하지 않다. 사람마다 개성, 생각, 가치관, 추구하는 목적이 모두 다르기에 서로 합의를 이루기 위해서는 끊임없는 조율과

타협이 필요하다.

사람에 대한 믿음까지 잃은 적이 있는가? 그렇다면 세상에서 가장 어려운 것이 사람이라는 생각이 들 것이다. 만약 당신 인생이 순탄하기만 했다면 이런 생각은 들지 않았을 것이다. 하지만 인생이 내내 가시밭길이었다면, 당신의 뇌는 분명 부정적인 방향으로 레이더를 향했을 것이다. 현실에서 도망치고, 사람들로부터 멀어지는 쪽을 선택했을 가능성이 높다.

학생이라면 학교에서 좋은 성적을 받는 것 외에도 선생님, 친구들과 좋은 관계를 유지하려고 노력해야 한다. 수업 시간에 집중하고, 과제를 제때 제출하며, 시험에 진지한 태도로 임한다면 선생님과의 관계는 큰 문제가 없을 것이다. 하지만 친구들과의 관계는 조금 더 복잡하다. 학생의 본분인 공부 외에도 친구들끼리 어떤 도움을 주고받는지, 어떤 무리의 친구들과 어울리는지, 험담하지는 않는지, 이익의 충돌은 없는지 등 신경 써야 할 부분이 많다.

학교를 졸업하고 직장인이 되고 나면, 밥줄을 지키고 승진하기 위해 동료와 상사 사이에서 아슬아슬한 줄타기를 해야 한다. 회사에서 좋은 평가를 받기 위해 조직의 흐름에 순응할 것인지, 조금 더 용감하고 솔직하게 자신만의 길을 갈 것인지는 각자의 선택에 달렸다. 직장 동료와의 관계는 학교 친구들과의 관계보다 훨씬 더 복잡하다. 승진, 인사 고과부터 누가 상사의 눈에 더 들었는지 등등… 직장 생활은 겉으로는 평온해 보이지만, 속으로는 치열하게 경쟁하며 신경전을 벌인다. 모두 자기 이익을 챙기려고 발 빠르게 움직이고, 한 치의 양보도 없다. 이런 소리 없는 전쟁은 큰 회사든 작은 회사든 모두 존재한다. 자신의 이익을 위해 다른 사람을 이용하고, 계략을 꾸미는 것은 인간의 추악한 본능이다. 타인을 이용하고 계략을 꾸미는 일에 익숙해지면 무감각해질 수 있지만, 사람답게 사는 방식은 아니라고 생각한다. 내가 하고 싶은 이야기는, 명예와 권력을 위해 정당하지 않은 방법을 사용하면서 자기 합리화하는 것은 현명하지 않다는 것이다.

내가 살아가는 목적은 무엇인가? 내가 이 세상에서 해야 할 일은 무엇인가? 타인을 위해 내가 발휘할 수 있는 가치는 무엇인가? 내가 가진 것을 다른 사람들과 나눌 수 있는가? 나는 자신에게 이런 질문들을 끊임없이 던지며 초심을 잃지 않으려고 노력한다. 좋은 인연을 맺고 세상과 발맞추어 나갈 수 있기를.

누구에게나 사랑받는 사람이 되는 것도 좋지만, 더 중요한 건 진심 어린 선량함이다. 진심으로 사람을 대하고, 성실하게 조금씩 나아간다면 누구에게나 사랑받는 사람이 될 수 있다. 마찬가지로 자신의 마음에 충실해야 내가 좋아하는 사람이 될 수 있고, 그렇게 살아갈 때 비로소 진정한 행복을 느끼며 세상의 아름다움을 만끽할 수 있다.

느린 것이 곧 빠른 것

진정한 성공은 무조건 빨리 뛰는 것이 아니라,
더 멀리 가는 것이다.

2017년, 위엔동遠東은행 자이嘉義 지점에서 근무할 때 일이다. 어느 날 이십 대 초반의 청년이 사무실로 찾아와 창고형 할인점, 코스트코Costco의 제휴 카드를 홍보했다. 당시 코스트코가 자이시에 처음 입점하면서 쇼핑 열풍이 불고 있던 때다. 나는 그 친구의 영업에 전혀 거부감이 없었다. 내 커리어의 성장과 변화도 영업을 통해 점점 더 좋아졌기 때문이다.

나는 훌륭한 영업 사원이라면 다음과 같은 세 가지 특징을 갖추어야 한다고 생각한다. 바로 단정한 외모, 유려한 화술, 제품에 관한 철저한 이해다. 그 밖에도 성공적인 영업을 위해서는 다음과 같은 세 가지 키워드를 명심해야 한다.

첫 번째는 '투지'다. 전력을 다하고 포기하지 않는 정신이 필요하다.

두 번째는 '전략'이다. 상황에 따라 강약을 조절하는 유연함이 있어야 한다.

세 번째는 '배움'이다. 끊임없이 배우고 시대에 발맞춰 나가는 자세다.

젊은 영업 사원은 사무실에 들어서자마자 내 눈을 사로잡았다. 단정하고 잘생긴 외모에 청춘의 생기가 흘러넘쳤고, 외모를 통해 혼혈임을 알 수 있었다. 하지만 중국어가 유창한 것을 보니 어렸을 때부터 대만에서 줄곧 살아온 모양이었다.

예의 바르고, 유창한 말솜씨까지. 그에 대한 첫인상은 굉장히 좋았다. 그가 카드 영업을 하기 위해 찾아왔다는 것을 알고 있었지만, 그의 개인적인 배경에 관심을 기울이지 않을 수 없었다.

청년의 이름은 캐리 기센Carey Giesen, 대만인 엄마와 네덜란드인 아빠 사이에서 태어났고, 밑으로는 쌍둥이 동생이 있다고 했다. 원래는 고등학교를 졸업하고 네덜란드 대학에 진학할 계획이었지만, 아버지가 갑작스럽게 돌아가시면서 어머니 혼자 생계를 책임지게 할 수 없어 대학 진학을 포기하고 취업하게 되었다고 한다. 그는 코스트코의 계산원으로 일을 시작해 영업 사원을 거쳐 카드 마케팅을 하면서 나를 만나게 된 것이었다.

캐리와 대화를 나누면서 어린 나이임에도 성숙한 모습에 깊은 인상을 받았다. 나중에 캐리의 어머니를 만나게 되면서 그의 성품을 더 깊이 이해할 수 있었는데, 어머니는 그가 어려서부터 성숙하고 독립적이었으며 효심이 깊었다고 전했다. 또 사춘기 시절에도 크게 반항하지 않고 오히려 어린 두 동생을 잘 돌봐 주었다고 한다.

캐리는 차를 굉장히 좋아했다. 그래서 몇 년간 기술을 배우고 돈을 모아 혼자 힘으로 자이시에 손 세차 디테일링 숍을 열었다. 그는 탁월한 영업 실력으로 고객들을 불러 모았고, 비싼 차든 아니든 차별 없이 최선을 다해 세차했다. 그는 진심 어린 노력으로 고객들의 깊은 신뢰를 얻었고, 이는 호평으로 가득한 구글 리뷰로도 직접 확인할 수 있다.

한번은 그에게 어떤 사업 철학이 있느냐고 물었더니 그는 '느린 것이 곧 빠른 것'이라고 대답했다. 왜 그렇게 생각하는지 궁금해져서 물어보니, 그가 이렇게 말했다.

"창업 초기에는 성공해야겠다는 생각이 앞서 지나치게 서

두르다 보니 중요한 것을 많이 놓쳤어요. 최근에 속도를 늦추고 마음을 느긋하게 가져 보니 조금 더 먼 미래를 내다볼 수 있게 되었고, 일과 삶의 균형을 찾는 데도 많은 도움이 되었습니다."

그리고 캐리는 자신의 영업 방식에 대해 이렇게 덧붙였다.

"고객 서비스 중 실수가 있었다면 억지로 변명하려고 하지 말고 즉시 사과해야 합니다. 그리고 최대한 성의 있는 해결책을 제시하면 고객 대부분이 이해해 주시더라고요."

그의 이야기를 들으며 어떻게 서른도 되지 않은 젊은 청년의 입에서 이렇게 지혜로운 이야기들이 쏟아져 나오는지 감탄했다. 아마도 하룻밤 사이에 어른이 될 수밖에 없었던 청춘의 시간이 오히려 그에게 좋은 양분이 되었던 것 같다.

캐리의 영업 방식은 내가 제시한 성공적인 영업을 위한 세 가지 키워드에도 부합한다. 중요한 것은 '투지'를 발휘한 뒤에는 속도를 조금 늦추고 조금 더 큰 그림을 바라볼 수 있는 지혜다. 진정한 성공은 무조건 빨리 뛰는 것이 아니라, 더 멀리 가는 것이다. 그것이 바로 '전략'이고 '배움'이다.

행복해지려면 과감히 떠나라

남들의 시선을 두려워하지 말고,
인생의 도전을 기꺼이 받아들이며
나만의 행복한 인생을 살아라.

천불산 백운사에서 백여 명의 자원봉사자를 대상으로 진행하는 강연에 참여한 적이 있다. 백운사는 신베이新北 신뎬新店에 있는 사찰이다. 나는 타이난台南에서 고속 열차를 타고 신뎬에 도착해, 택시를 타고 백운사까지 이동했다.

기차역을 나와 맨 앞에 있는 택시를 탔는데, 여성 기사님이었다. 내 경험상 여성 기사님이 운전하는 택시는 매우 드물지만, 그럴 때면 항상 서비스가 좋았다. 이번에도 차에 타자마자 기사님이 친절하게 인사를 건넸고, 바깥은 보슬비가 내려 쌀쌀했는데 차 안은 무척 따뜻했다.

나는 기사님께 혹시 차 안에서 삶은 달걀을 먹어도 되냐고 조심스럽게 물었다. 점심을 먹지 못해서 도착하기 전에 급하게 뭐라도 먹어야 할 상황이었다. 기사님은 곧바로 '괜찮다'고 대답하면서, 자기도 거의 매일 세 끼를 차 안에서 해결한다고 웃으며 말했다.

기사님의 말에 조금 의아함을 느꼈다. 세 끼를 모두 차 안에서 해결한다니, 집에서 가족들과 함께 식사하지 않는다는 건가?

"저는 이혼하고 딸 둘과 함께 살았는데, 둘 다 타지에서 대학과 직장에 다니고 있어요. 둘 다 일찌감치 독립해서 더 이상 챙겨야 할 가족이 없답니다."

그녀는 자신의 개인사를 담담히 털어놓았다. 아마도 나와의 대화가 편안했던 모양이다. 나도 우리 아이에 관한 이런저런 이야기를 들려줬다. 이것이 내가 낯선 사람들과도 쉽게 대화를 나눌 수 있는 비결이다. 일방적으로 상대방의 정보만 캐내려고 할 게 아니라 적절히 자신의 이야기를 하는 것도 필요하다. 그러다 보면 어느새 서로의 거리가 좁혀지기 때문에 더 편안하고 깊은 대화를 나눌 수 있다.

그녀에게 택시 운전을 한 지 얼마나 되었냐고 물었더니 20년째라고 대답했다.

"정말 그렇게 오래되었나요? 그럼 첫 직장이 바로 택시였군요?"

"어머, 농담도 잘하시네요. 제 나이가 벌써 오십이 훌쩍 넘었는걸요. 택시 운전은 남편과 이혼하고 서른 살이 넘어 시작했어요."

"그럼 이혼하신 지도 벌써 이십 년이 넘은 거네요?"

"네. 벌써 그렇게 되었네요. 저희 남편이 마약에 손을 대기 시작했다는 것을 알자마자 곧바로 이혼하고 아이들을 데리고 떠났거든요."

최종 학력이 중학교 졸업인 그녀는 이혼 후 친정의 도움도 받지 못하고 젊었을 때 잠시 살았던 신덴구로 와서 그녀만의 새로운 인생을 시작했다.

나는 그녀에게 왜 택시 기사가 되었냐고 물었다. 그러자 그녀가 밝은 목소리로 말했다.

"회사에 다니면 한 달이 지나서야 월급을 받을 수 있는데, 택시는 바로바로 현금을 받을 수 있잖아요. 저만 부지런히 일하면 우리 세 가족 굶을 일은 없겠다 싶었죠. 게다가 제가 혼자 아이들을 돌봐야 하는데 혹여나 아이들이 아파서 회사를 자주 빠지게 되면 어느 사장님이 좋아하겠어요. 그래서 택시 운전을 하는 것이 저와 아이들을 위해 최선이라고 생각했죠."

15분 정도 택시를 타고 이동하면서 삶은 달걀은 일찌감치 먹어 치우고, 그녀의 이야기에 푹 빠져 있었다. 그녀는 현재 자기 삶에 만족한다고 했다. 비록 엄청난 부자가 되지는 못했지만, 의식주를 걱정하지 않아도 되고, 딸들도 일찍 철이 들고 효심이 깊어 엄마에게 손을 벌리지 않는단다. 나는 그날 그녀의 마지막 손님이었다. 새벽 다섯 시부터 나와서 운행을 하다가 이제 집에 돌아가 쉰다고 했다.

얼마 후, 목적지에 도착했다. 나는 미터기에 표시된 금액을 지불하고 마지막으로 인사를 건넸다. 내 생에 그녀를 다시 만날 수 있을지 알 수 없지만 나는 그녀의 행복을 진심으로 기원했다.

그날 택시에서 나눈 대화는 정말 뜻깊었다. 나는 이렇게 여러 여정에서 다양한 사람들과 인생 이야기를 나누는 것을 좋아하는데, 그동안 그녀처럼 남들의 시선을 두려워하지 않고 인생의 도전을 기꺼이 받아들이며 자신만의 행복한 인생을 살아가는 사람들을 종종 만났다.

최선을 다해 인생을 살아가는 것, 그것이 바로 당신만의 서사다.

함께하는 사람이 나를 만든다

우리는 살면서 누군가에게
도움을 청해야 하는 일이 반드시 생긴다.

한번은 가오슝에 강연을 하러 갔다가 일정이 비어 새로 알게 된 친구의 사무실에 방문했다. 그 친구의 이름은 혜화다. 혜화는 내가 쓴 책 『나는 인맥이 넓은 것이 아니라, 모두에게 친절한 것뿐不是我人脈廣, 只是我對人好』을 통해 나를 알게 되었고, 그 후로 우리는 페이스북 친구가 되었다.

혜화는 한 생명 보험 회사의 고문이자 영업 고수다. 나는 첫 대화에서부터 그녀의 진정성을 느낄 수 있었다. 혜화와는 최근까지도 자주 대화를 나눴지만, 사실 우리는 그동안 얼굴을 본 적이 한 번도 없었다. 그러던 중 우연히 기회가 닿아 그녀의 사무실을 방문하게 된 것이다.

혜화는 내가 방문한다는 소식을 듣고 가까운 친구들 몇 명을 초대했다. 그들은 커피와 다과를 준비해 놓고 나를 환대해 주었는데, 따뜻한 마음 씀씀이에 깊이 감동했다.

그들은 인생에 관한 조언을 듣고 싶어 그 자리에 함께 모인 것이었다. 그래서 그들과 이야기를 나누며 내가 추구하는 몇 가지 가치관을 함께 공유했다.

먼저 인생이란 크게 건강, 부, 사회적 지위, 인간관계 등 몇 가지를 추구하는 과정이라는 것을 설명했다. 이 몇 가지 큰 틀에서 자신만의 목표를 정하고 실행하기를 반복하는 과정이 바로 인생이다. 실패는 두려워할 필요 없다. 오직 두려워해야 할 것은 게으름이다.

그리고 이어서 인간관계에 관한 이야기도 함께 나누었다. 나는 그 자리에 있던 한 남성에게 가장 존경하는 사람이 누구냐고 물었다. 그는 잠시도 고민하지 않고 '장중머우張忠謀(대만의 반도체 기업 TSMC의 창업자_역주)'라고 대답했다.

나는 이어서 그에게 이렇게 물었다.

"만약 장중머우가 수시로 당신 집에 방문하고, 많은 사람이 모인 자리에서 당신의 칭찬을 한다면 어떨까요?"

그가 웃으며 대답했다.

"그럼 저 역시 사람들의 존경을 받는 유명 인사가 되겠죠?"

자리에 함께한 다른 사람들에게도 생각을 물었더니 모두 남자와 비슷한 대답을 했다. 그 남자를 잘 알지 못해도 장중머우 같은 사람의 입에 매일 오르내릴 정도면 아주 대단한 사람이라는 생각이 들 것 같다고 말이다.

"그렇기 때문에 우리는 지혜롭고, 긍정적인 영향력을 가진 사람들과 어울려야 해요. 그런 사람들과 자주 어울리다 보면 어느새 우리도 그들처럼 훌륭한 성품을 가진, 더 나은 사람이 되어 있을 테니 말이죠. 장중머우처럼 유명하고 대단한 사람이어야만 지혜롭고, 긍정적인 영향력을 가진 사람인 건 아니에요. 우리 주변에도 그런 훌륭한 사람들이 많이 있답니다."

누군가 이런 질문을 했다.

"유유상종을 말씀하시는 건가요?"

내가 대답했다.

"네 비슷해요. 하지만 소극적인 태도로 누군가가 나를 찾아오기만을 기다리고 있으면 안 돼요. 스스로 좋은 인연을 찾아 나서야만 행운도 찾아오는 법이랍니다."

나는 사람들이 갖고 있는 인간관계 혹은 인맥에 관한 편견에 대해서도 언급했다. 어떤 사람은 자신은 영업하는 사람도 아니고, 남에게 부탁하는 것도 아주 싫어하는 사람인데 왜 애써 사람을 만나야 하냐고 반문하기도 한다. 인간관계는 단순할수록 좋고, 세상에 나쁜 의도를 가지고 접근하는 사람들도 많은데 뭣 하러 굳이 걱정거리를 늘리려고 하느냐며 말이다. 그들의 말이 완전히 틀린 것은 아니다.

하지만 한 치 앞을 모르는 것이 인생이다. 나와 내 가족에게 갑자기 큰일이 생기면 다른 사람의 도움이 전혀 필요하지 않을까? 가족 중에 누군가 큰 병에 걸리면 좋은 의사를 추천받아야 하고, 사업을 할 때도 믿을 만한 거래처를 소개받아야 한다. 하물며 고장 난 무언가를 고치려고 해도 전문가를 찾아가야 제대로 고칠 수 있는 법이다. 이 모든 일은 평소에 좋은 인연을 많이 만들어 놓아야 가능한 것들이다.

우리는 살면서 누군가에게 도움을 청해야 하는 일이 반드시 생긴다. 사람은 상부상조해야 한다. 인간관계에서는 오는 것이 있으면 가는 것이 있어야 하는 법이다.

나는 그들과 대화를 마무리하며 인생이란 자신의 브랜드

를 가꾸는 일이라고 설명했다. 자신의 본분을 다하면 브랜드의 가치는 절로 높아진다.

우연한 기회에 만들어진 자리였지만, 그날의 대화는 여느 강연 못지않게 의미가 깊었다.

문턱 없는 행복

사람과 사람이 만나고 서로 애틋해지려면
기회와 인연이 닿아야 한다.

2015년 여름, 푸광산 난타이에서 한 강연을 들었는데, 전율이 오를 만큼 깊은 감동을 받았다. 강연자는 그날 처음 알게 된 사람이었다. 외모는 다소 투박했지만, 성격도 온화하고 예술에 대한 조예도 상당히 깊어 보였다. 무엇보다 말솜씨가 좋아 강연 내내 그의 이야기에 푹 빠져들었다.

나는 강연이 끝난 후 곧바로 강연장을 떠나지 않고 사람들이 모두 빠져나가기를 기다렸다가 무대 앞으로 다가가서 그에게 감사 인사를 전했다. 정말 좋은 강연을 들었을 때는 나중에 소셜 미디어에 따로 평을 올리기보다 이렇게 직접 찾아가 인사를 전하는 것이 좋다. 나는 그에게 오늘 강연이 정말 감동적이었다고, 이렇게 아름다운 이야기를 들려줘서 고맙다고 전했다. 그 역시 활짝 웃으며 내 피드백에 대한 고마움을 표시했다. 나는 그에게 페이스북 친구 신청을 해도 되냐고 물었고, 그는 흔쾌히 허락했다. 그렇게 우리는 그때부터 페이스북 친구가 되었다.

나는 집에 돌아와서 페이스북에 그날 강연에 대한 감상평과 함께 강연 내용을 정리해 올렸는데, 그가 강연 중에 언급했던 스무 개 이상의 명언 중 가장 와닿았던 세 가지를 함께 공유했다.

> 첫째, 인생이 고달플수록 내면의 갈망에 집중해야 한다. 캄캄한 밤하늘에서 밝은 별을 찾는 것처럼 말이다.
>
> 둘째, 삶은 본능적으로 아름다움을 향한다. 당신의 모든 걸음이 자신을 향하도록 해라.
>
> 셋째, 환경에 의존하려고 하지 말고 당신 스스로 좋은 환경이 되어라.

그리고 그의 강연이 훌륭했던 세 가지 이유를 설명했다.

첫째, 훌륭한 말솜씨. 그의 말은 간단명료하면서도 감정이 풍부하고, 생각이 명확하고 짜임새 있었다.

둘째, 흥미로운 이야기. 그는 자신의 실제 경험을 바탕으로 인생에 관한 자신의 신념을 용감하게 표출했다.

셋째, 적극적인 호응. 그의 강연은 인생의 굴곡과 풍부한 감정을 잘 표현해 강연을 듣고 난 후 깊은 여운과 성찰을 불러일으켰다.

그렇게 그날의 강연이 끝나고 나는 다시 일상으로 돌아왔고, 그 역시 자신의 사업을 바쁘게 이어 나갔다. 그와는 페이스북 친구인 것 외에는 더 이상 친밀한 교류는 없었다. 서로의 글을 확인하고 가끔 '좋아요'를 누르고 댓글을 남기는 것이 전부였다. 만약 왜 그와 더 가까운 친구가 될 수 없었냐고 묻는다면 '인연이 닿지 않아서'라고 대답할 것이다.

사람과 사람이 만나고, 서로를 깊이 알게 되며, 귀하고 애틋하게 여기게 되기까지는 충분한 인연이 무르익어야 한다. 어떤 의도를 갖고 일부러 관계를 만들려고 하면 역효과가 나는 법이다. 게다가 그 사람과 나는 하는 일이 전혀 달라서 별다른 연결 고리가 없었기 때문에 더 깊은 관계를 만들기 위해 노력하지 않았다.

우리는 그렇게 9년 동안을 페이스북 친구로만 남아 있었는데, 그러다 어떤 사건을 계기로 관계에 변화가 생기기 시작했다. 2024년 봄, 그가 책을 출간했다는 소식을 듣고 곧장 그 책을 사서 읽었다. 책을 읽는 내내 나는 9년 전 그의 강연이 떠올랐다. 그는 여전히 초심을 잃지 않고 예술 창작 분야에서 꾸준히 빛을 발하며 열정을 쏟고 있었다.

먼저 그에게 쪽지를 보냈더니, 반가운 답장이 왔다. 그 후 우리는 3분 정도 짧은 통화를 했고, 그다음에 약속을 잡아 직접 만났을 때는 세 시간 넘게 대화를 나눴다.

그와의 대화 중, 나는 책이 잘 팔리려면 내용이 훌륭한 것 이외에 출판 기념회, 독서 모임, 기업에서 주최하는 교육 과정, 각 지방 자치 단체에서 주최하는 예술 문화 강연 등 다양한 창구를 통한 적극적인 홍보 활동이 필요하다고 조언했다. 나는 타이난 정다**政大** 서점에서 그의 책을 홍보하기 위해 포스터를 직접 제작하고, 그의 운전기사와 행사 사회자를 자처하기도 했다. 물론 목적은 좋은 책을 더 많은 사람에게 널리 알리기 위해서였다. 그뿐만 아니라 그의 친필 사인이 담긴 책 100권을 사서 주변 사람들에게 나눠 주며 내가 속한 커뮤니티에서 그가 더욱 알려지기를 진심으로 바랐다.

이렇게 이야기하면 내가 그를 위해 뭔가 엄청난 일을 해 준 것 같지만, 사실 그렇지는 않다. 그는 이미 자신의 역량만으로 충분히 빛이 나는 사람이었고, 백여 개의 상을 휩쓸며 대단한 영향력을 펼치고 있었다. 그에 비해 나의 도움은 아주 미미한 정도였다. 어쨌든 그는 나의 진심 어린 도움에 깊이 감동했다.

앞에서도 말했듯이, 사람과 사람의 만남과 교제는 억지로 되는 것이 아니라 좋은 때를 기다려야 하는 법이다. 그와 내가 좋은 친구가 되기까지의 과정이 이를 증명해 준다.

그가 예전에 이런 이야기를 한 적이 있다. 2017년 애플이 대만에 첫 지점을 오픈할 때 그에게 협업을 제안한 적이 있다고 했다. 당시에 그는 너무 놀라 자신은 대만에서 그리 유명한 사람이 아닌데, 하필 자신에게 협업을 제안하느냐고 되물었는데, 그들이 이렇게 말했다고 한다.

"우리는 유명한 사람을 찾는 것이 아니라, 신념이 같은 사람을 찾고 있죠. 우리와 함께 세상에 선한 영향력을 미칠 수 있는 분을 말이에요."

그가 이런 말을 한 적도 있다.

"저는 제 일을 통해 사람들에게 행복을 전하고 싶어요. 여기까지 오는 데 저 역시 많은 사람의 도움을 받았어요. 혼자 힘으로는 절대 불가능한 일이었죠. 아무런 대가를 바라지 않고 저를 도와준 여러 선생님처럼 저도 사회에 도움이 되는 사람이 되고 싶어요."

우리가 가까워질 수 있었던 이유는 세 가지였다. 첫째, 우리는 둘 다 굉장히 열정적인 데다가 재미있는 농담을 좋아하는 유쾌한 사람들이다. 이렇게 비슷한 성격 덕분에 우정이 더욱 돈독해질 수 있었다. 둘째, 둘 다 과거에 굉장히 힘든 시기를 보냈다. 어쩌면 그가 나보다 더 힘든 일을 많이 겪었을지도 모르지만, 어쨌든 우리 둘 다 이러한 고통을 양분으로 삼아 한 단계 더 성장할 동력으로 만들었다. 셋째, 우리는 앞으로 다가올 미래에 대한 희망과 기대로 가득 차 있고, 자기 이야기를 통해 다른 사람에게 행복과 희망을 전해 주고 싶다는 공감대가 있다.

우리가 9년 만에 다시 만날 수 있었던 이유는 비록 서로 다른 공간에 있었지만, 선량한 의도로 각자의 자리에서 열심히 노력했기 때문일 것이다. 그렇게 우리의 인연은 무르익었다.

그의 이름은 양스이**楊士毅**, 재능과 열정이 넘치는 예술가다. 내가 그의 책을 적극적으로 홍보하고 판매를 도운 것은, 어쩌면 이러한 인연을 통해 그의 멋진 삶에 동행할 수 있을 거란 기대 때문이었을지도 모른다. 나는 그의 인생 이야기를 통해 행복의 향기를 맡을 수 있었다. 그 향기는 그윽하면서도 아름다웠다.

인생은 즐거운 여행이다

나이는 숫자에 불과하다. 한낱 숫자 따위가
당신의 소중한 인생을 가로막게 하지 말라.

타이난에서 타이베이로 향하는 고속 열차에 올라탔다. 나는 좌석에 앉자마자 가방에서 애덤 그랜트의 『싱크 어게인 Think Again』을 꺼내 읽기 시작했다. 이 책은 2024년부터 내가 이끄는 한 기업체 독서 모임의 지정 도서였다.

그런데 나와 함께 기차에 오른 바로 옆자리 승객도 곧장 가방에서 책을 꺼내 읽는 것이 아닌가! 그가 꺼내든 책은 색이 누렇게 바랜, 굉장히 오래된 책이었다. 슬쩍 보니 러슈런樂恕人 작가의 『회인기사집懷人紀事集』이라는 책이었다. 출판사는 분명 아는 곳이었는데 작가와 책 제목은 처음 보는 것이었다. 나는 궁금함을 참지 못하고 그에게 불쑥 책을 한번 볼 수 있냐고 물었다. 그 승객은 흔쾌히 그러라며 책을 건네줬다. 알고 보니 그 책은 1979년에 출판된 산문집이었다.

내가 먼저 적극적으로 이런저런 말을 건네자, 그 승객도 자신의 이야기를 꺼내기 시작했다. 그렇게 타이베이로 향하는 기차 안에서, 책 한 권으로 시작된 우리의 대화는 그 후로도 계속 이어졌고, 한 시간 넘게 정말 값진 가르침을 얻은 시간이었다.

그는 고등학교 때 공부를 아주 잘했지만, 집안 형편이 좋지 않아 원하는 대학교에 가지 못하고, 타이베이 공업전문학교 전기공학과를 졸업했다. 그리고 사회에 첫발을 내디딘 지 3년 만에 창업을 결심하고, 전력 설비를 주로 취급하는 무역회사를 설립했다. 그의 사업은 승승장구했고, 반도체 회사 TSMC도 그의 고객이었다고 했다. 현재 그의 나이는 일흔이 훌쩍 넘었고, 창립 50년이 넘은 회사는 일찌감치 그의 아들에게 물려줬다고 한다.

그는 50대에 국립정치대학교 EMBA 과정에 입학해 자신보다 열 몇 살씩 어린 학생들과 함께 공부했고, 3년 전에는 대학원 동기들과 등산 모임을 결성해 40여 개의 봉우리를 등반했는데 고산병 증상이 심해져 지금은 등산을 그만두었다고 한다. 그런데 놀라운 사실은 그 이후에 철인 3종 경기 준비를 시작했다는 것이다. 그는 수영과 달리기는 준비가 끝났는데, 사이클 훈련이 아직 더 필요한 것 같다고 전했다.

나는 그에게 나이 때문에 이런 도전을 하는 것이 걱정되지는 않았냐고 물었다. 그는 호탕하게 웃으며 인생은 즐거운 여행 같은 것이라며, 자신이 좋아하는 일을 하다 죽는 것이 병상에서 죽는 것보다 훨씬 멋진 일이라고 말했다.

그는 운동뿐만 아니라 사진 찍는 것을 좋아해서 개인 전시회를 두 차례 열었고, 사진집도 두 권 출판했으며, 호금(중국의 현악기_역주)에 관심이 많아 벌써 5년째 레슨을 받고 있다고 한다. 여기서 끝이 아니다. 몇 해 전에는 시골에 땅을 사서 휴일마다 내려가 아내와 함께 각종 채소와 과일을 재배하고, 직접 재배한 농산물은 유기농 인증을 받아 장에 가져다 팔기도 한다고 한다.

그는 나이는 숫자에 불과하다며, 한낱 숫자 따위가 소중한 인생을 가로막게 하지 말라고 강조했다. 살아 있다면 어떤 나이에도 나만의 즐거운 인생을 꾸려 갈 수 있다. 그는 오늘 새벽 첫차로 타이난에 내려와 기차역 안에 있는 카페에서 친구와 만나 두 시간 정도 일 이야기를 하고 다시 나와 같은 기차를 타게 된 것이다.

"지금 가면 점심시간에 딱 맞춰 집에 도착하겠네요!"

그가 웃으며 말했다.

나는 내내 이런저런 질문을 던졌고, 그는 자기 생각과 견해를 기꺼이 이야기해 줬다. 그는 나를 기차에서 처음 만난 낯선 사람이 아니라 마치 오래된 친구처럼 대해 줬다.

그의 인생은 출생에서 학창 시절까지, 직장 생활에서 창업까지, 젊은 시절에서 노년까지 정말 모든 순간이 흥미로운 이야기로 가득 차 있었다. 나는 그에게 함께 사진을 찍지 않겠냐고 제안했고, 그도 흔쾌히 응해 주었다.

그날 그와의 대화에서 느낀 점을 세 가지로 정리해 보면 다음과 같다.

첫째, 나이 때문에 자신의 미래를 포기하지 말자. 하고 싶은 일이 있다면 즉시 실행에 옮겨라.

둘째, 자신이 많은 분야에 무지하다는 사실을 자각하고, 시간 내어 학습하라.

셋째, 누구에게나 열린 마음으로 소통하고, 자신의 인생 경험을 기꺼이 공유하라.

사람을 잇는 일

내가 할 수 있는 일은 그를 위해
최고의 인재들을 찾아 주는 것이었다.

그동안 내가 의뢰받은 강연 중에 가장 이른 시작 시간은 오전 일곱 시였다. 가오슝 창궁 기념병원에서 원내 의사들을 대상으로 열린 강연이었는데, 그때 주최 측에서는 내가 아침 일찍 가오슝에 도착하지 못할까 봐 전날 병원 기숙사에서 하룻밤 묵을 수 있도록 배려를 해 줬고, 덕분에 잊지 못할 경험을 할 수 있었다.

그러다 코로나19가 한창 유행하던 팬데믹 기간에 새벽 여섯 시라는 역대 가장 이른 시간에 온라인 강연을 요청받게 되었다. 시간을 잘못 전달받은 것이 아니라, 정말 새벽 여섯 시였다. 주최 측에서는 사람들이 아침에 일찍 일어나 30분이라도 공부하고 일과를 시작할 수 있기를 바랐던 것이다. 나는 주최 측에게 이 강연을 하려면 내가 먼저 출근 준비가 제대로 되어 있어야 할 것 같다고 말했다. 강연이 끝나자마자 곧장 차를 타고 출발해야 아침 회의 시간에 맞춰 도착할 수 있었으니 말이다.

놀랍게도 백 명 넘는 사람이 이 30분짜리 강연을 신청했다. 세상에 이렇게 열정적인 사람이 많다는 사실에 다시 한번 놀랐다.

다행히 내 강연 실력이 나쁘지 않았던지, 한 청중이 페이스북에 강연에 관한 긍정적인 피드백을 올렸고, 어느 날 우연히 그 글을 읽게 되었다. 흥미로운 점은 작성자의 직업이 의사라는 것이었다.

나는 예전부터 의사들과 알고 지내기를 좋아했다. 그 이유는 은행에서 일할 때 주요 고객이었기 때문이다. 의대를 졸업하고 막 사회에 진출한 새내기 의사도 일반 직장인보다 소득이 훨씬 많았기 때문에 은행에서는 그들을 우량 고객으로 대하는 것이 당연했다.

의사를 알고 지내면 좋은 점은 또 하나 있다. 바로 필요할 때 도움을 받을 수 있다는 점이다. 나는 일을 하면서 꽤 많은 의사를 알게 되었는데, 나를 포함한 많은 친구가 그들의 도움을 받을 일이 정말 많았다.

갑자기 몸이 아플 때, 신뢰할 수 있는 의사 친구에게 상담받으면 마음이 한결 놓인다. 우리 몸은 여러 기관으로 나뉘어 있고, 의사마다 자신의 전문 분야가 모두 다르다. 게다가 친구, 친척들이 여러 지역에 흩어져 살고 있으므로 최대한 다양한 지역과 분야의 의사를 알아 두는 것이 좋다.

의사 친구가 많아지니, 친구나 친구 가족이 몸이 아파서 병원에 가야 할 때 내가 가진 인맥으로 조금이나마 도움을 줄 수 있어 보람을 느낄 때가 많다. 나는 인맥을 쌓는 궁극적인 목적은 다른 사람을 돕기 위한 것이라는 생각을 갖고 평생을 살아왔다.

온라인 강연을 듣고 피드백을 남긴 사람은 장루이쉬안이라는 의사였고, 가정의학과 전문의였다. 우리는 메시지를 통해 연락을 주고받으며 대화를 나누다가 결국 만나기로 했다.

당시 그는 윈린雲林의 한 보건소에서 일하고 있었는데, 나는 장화彰化에서 타이난으로 돌아가는 길에 잠시 들르겠다 했다. 그를 만나러 가면서 내가 직접 사인한 책 한 권을 선물로

들고 나갔다. 그런데 놀랍게도 그는 내 책을 열 권이나 들고 와 사인을 요청했다. 10 대 1, 그의 승리였다.

우리는 커피 한 잔을 마시면서 그가 의사가 된 계기부터 서로의 인생 목표까지 다양한 주제로 대화를 나눴다. 첫 만남이었지만 어색함이 전혀 없었고, 서로 완전히 다른 분야에 종사하고 있지만 비슷한 가치관을 공유했다. 그 이후 나는 회사에서 행사가 있을 때마다 루이쉬안을 초대했고, 여러 번의 만남을 통해 우리의 우정은 더욱 두터워졌다.

하루는 그가 자신의 고향인 타이중台中에 병원을 개원하고 싶다고 말했다. 자신이 가진 능력으로 고향 사람들을 돕고 싶다면서 말이다. 나는 그에게 만약 병원에 의사를 더 채용하고 싶다면 기꺼이 도와주겠다고 말했다. 의사라는 직업에 대해서는 잘 모르지만, 인재 채용에 관해서는 상대방의 인격적 특성과 열의를 비교적 정확히 파악할 수 있는 능력이 있으므로 그에게 도움을 줄 수 있을 것 같았다. 실제로 루이쉬안은 병원을 개원하기 전, 직원들의 채용 면접에 나를 초청했다. 내가 할 수 있는 일은 그를 위해 최고의 인재를 찾아 주는 것이었다. 나는 루이쉬안을 위해 기꺼이 일했고, 정말 큰 보람을 느꼈다.

최근 몇 년간, 타이중에 사는 지인이 아프다고 연락이 오면 나는 루이쉬안에게 도움을 요청했고, 그는 진심 어린 지원과 협조를 아끼지 않았다. 온라인 강연을 통해 이렇게 좋은 의사 선생님과 인연이 닿을 줄이야! 어쩌면 이것이 내가 일을 사랑하고, 지치지 않는 원동력인지도 모른다.

허우화, 생명의 노래

잃어버린 것은 선물이고,
눈앞에 있는 것은 행복이다.

'잃어버린 것은 선물이고, 눈앞에 있는 것은 행복이다.'

이 문구는 2024년 제35회 골든 멜로디 어워드 행사 중 스크린에 잠시 띄어진 추모의 글이었다. 고작 몇 초간의 짧은 순간이었지만 대만의 대중 음악계가 허우화何厚華에게 보내는 그리움과 추모의 마음이 고스란히 담겨 있었다.

내가 허우화를 알게 된 계기는 아주 특별했다. 십여 년 전, 인터넷에 '암을 이겨 낸 사람들'이라는 키워드를 검색한 적이 있는데, 그때 허우화라는 이름을 보게 되었다. 허우화는 400여 곡의 노래를 직접 작사, 작곡한 유명한 싱어송라이터였다.

그런데 내가 왜 인터넷에 '암을 이겨 낸 사람들'이라고 검색했을까? 그 이유는 친구의 어머니 때문이었다. 어느 날 친구의 어머니가 암에 걸려 우울해하고 계신다는 소식을 전해 들었다. 그 친구는 내가 얼마나 긍정적인 사람인지 잘 알고 있었기 때문에 자신의 어머니를 만나 대화를 나눠 주면 좋겠다고 부탁했다. 어머니가 안심하고 희망을 가지시기를 바라는 마음에서였다.

누군가를 도울 수 있다니 기쁜 마음으로 친구의 부탁에 응했고, 며칠 뒤 친구의 어머니를 찾아뵈었다. 나는 젊었을 때 호스피스 병동에서 자원봉사를 한 적이 있기 때문에 환자들의 마음을 잘 이해하고 위로할 수 있으리라 생각했다. 하지만 친구 어머니와 대화를 나누고 나는 커다란 벽에 부딪힌 기분이었다.

친구 어머니가 내게 이렇게 말씀하셨다.

"너는 암에 걸려 본 적이 없으니, 내가 어떤 고통을 겪고 있는지 잘 모를 거야. 네 말이 전혀 위로되지 않는구나."

나는 어머니의 말을 듣고 3초간 멍하니 있다가, 어머니의 마음을 이해한다는 말만 겨우 남기고 집으로 돌아왔다.

그날 저녁, 나는 암에 걸렸지만 병을 이겨 내고 잘 살고 있는 사람들에 대해 알고 싶었고, 인터넷을 검색하다가 우연히 허우화의 이름을 보게 된 것이다. 우리는 페이스북 덕분에 친구가 될 수 있었고, 그 이후 좋은 인연을 쌓아 나갔다.

페이스북을 열면 허우화의 글을 자주 볼 수 있었다.

'행복한 하루의 시작!'

설령 그날이 병원에 진료받으러 가거나 항암 치료를 받는 날이라 해도, 그는 긍정적인 마음을 잃지 않았다. 그는 친구들과 만나 대화 나누기를 좋아했고, 병에 걸렸다고 해서 집에만 있는 것이 아니라 강의도 하고, 산책도 꾸준히 했다. 마치 사람들에게 삶이란 바로 이런 것이라고 알려 주는 것 같았다. 저 멀리 끝이 보인다 해도 현재의 행복에 더 집중해야 한다고 말이다.

허우화가 이런 글을 남긴 적이 있다.

> 저에게 '힘내라'는 말은 하지 마세요. 저는 이미 충분히 힘을 내고 있답니다. 그러니 진심 어린 축복만 빌어 주세요.

우리는 자주 누군가에게 힘내라는 말로 위로를 건넨다. 하지만 어쩌면 그 사람은 이미 자신이 할 수 있는 최대한의 힘을 발휘하고 있는지도 모른다. 허우화의 글을 읽으면서 누군가의 곁에 있어 줄 때 필요한 건 많은 말이 아니라, 그저 이해와 공감임을 깨달았다.

허우화는 암 진단을 받고 20년 넘게 살다가 세상을 떠났다. 나는 그가 진정한 암을 이겨 낸 전사라고 생각한다. 허우화를 알고 나서부터 친구나 친구의 가족이 아프다는 소식을 들으면 허우화의 이야기를 전해 주며 그들이 인생의 힘든 시기를 이겨 낼 수 있도록 격려했다.

나는 이번 생에 허우화를 알게 된 것에 정말 감사하다. 나의 첫 책에는 다음과 같은 허우화의 추천사가 실려 있다.

> 자더와의 만남과 인연은 몇 번의 우연으로 이루어지게 되었습니다. 무엇보다 내 마음을 사로잡은 것은 그의 적극적인 태도와 열정이었습니다. 그는 늘 긍정적인 에너지로 가득 차 있고, 주변 사람들도 그런 에너지로 물들게 하는 사람입니다. 제가 더욱 감탄했던 점은, 그가 자신의 본업에서도 최고의 능력을 발휘하는 동시에, 선함과 아름다움을 추구하는 활동에도 끝없는 열정을 발휘한다는 점입니다.
>
> 자신이 원하는 것이 무엇인지 정확하게 알고, 그 꿈을 향해 나

아가고 마침내 이루어 내는 것. 이것은 당연한 이상과 포부처럼 들리지만 정말로 이를 실천해 내는 사람은 많지 않습니다. 그런데 자더는 늘 이러한 이상을 실천하며 자기 삶 깊숙이 녹여 냈습니다. 이것이 그에게 가장 부럽고, 배우고 싶은 '부유함'입니다. 나의 친구여, 이러한 진리를 다시 한번 가르쳐 줘서 고맙습니다.

허우화는 평소 '잃어버린 것은 선물이고, 눈앞에 있는 것은 행복이다'라는 좌우명을 마음속에 품고 살았다. 이 얼마나 단순하면서도 아름다운 문구인가! 나는 이 문구를 가방에 수놓아서 그에게 선물했다. 그리고 인생이 내 마음대로 풀리지 않을 때마다 이 문구를 생각했다. 그러면 마음이 안정되고, 다시 앞으로 나아갈 용기가 생겼다. 허우화는 어둠 속에서도 언제나 빛을 발견해 냈고, 하늘이 그에게 내린 고난도 삶의 양분으로 바꾸어 아름다운 하루하루를 살아 냈다.

허우화를 알게 되면서 '사랑은 일생의 과제'라는 것을 깨달았고, '필요할 때는 방향을 전환하는 것'이 얼마나 지혜로운 일인지 이해하게 되었다. 인연이 있으면 만나게 되고, 마음이 있으면 감사함을 알게 되며, 사랑이 있으면 그것이 바로 행복의 시작이다. 허우화는 세상의 모든 아름다움이 자기 자신을 사랑하는 것에서부터 시작된다고 믿었다. 또한 삶과 사랑, 그리고 세상 모든 것이 언젠가는 제자리를 찾을 거라는 굳은 믿음이 있었다. 지나가야 할 것은 언젠가 지나가고, 남은 것은 아름다운 삶의 향기로 숙성될 것이다.

허우화, 당신이 정말 그립습니다.

기차 안에서 시작된 대화

우리는 서로 완전히 다른 삶을 살고 있지만,
겉으로 보이는 차이가 둘 사이의 거리를 결정하지는 않는다.
사람과 사람 사이를 가깝게 이어 주는 것은
진정한 소통과 함께하는 마음이다.

"연예인입니까?"

"아니요. 왜 그렇게 물어보시죠?"

"사진에 헤드폰을 쓰고 있어서요."

"아, 팟캐스트를 녹음하기 위한 장비예요."

…

"팟캐스트를 하면 돈을 벌 수 있나요?"

어느 날, 달리는 고속 열차 안에서 이런 대화가 시작되었다. 그날 저녁, 나는 타이베이에서 타이난으로 돌아가기 위해 고속 열차에 탑승했다. 지정된 좌석을 찾아가 보니 내 자리에

웬 젊은 남자가 앉아 있었다. 나는 그에게 최대한 공손하게 혹시 자리를 잘못 찾은 것이 아닌지 물었다. 남자는 나를 흘끔 보고는 휴대전화를 꺼내 자리를 확인했다. 알고 보니 그는 앞 기차의 좌석을 예약한 것이었다. 그는 아무렇지도 않은 듯 옆 좌석으로 자리를 옮겼고, 그렇게 우리는 복도를 사이에 두고 나란히 앉게 되었다.

그 남자는 검은색 상의에 검은색 바지를 입고 있었고, 인상이 매섭고 눈빛이 날카로워 보였다. 불현듯 어떤 조직에 몸담은 사람이 아닐까 하는 생각이 스쳤지만, 그래도 자리를 내어줄 정도면 아주 경우 없는 사람은 아닌 것 같았다.

잠시 후 열차가 타이베이역을 출발했고, 나는 휴대전화를 꺼내 사진첩을 열어 오후에 찍은 사진들을 살펴봤다. 나는 옆에 앉은 남자가 내 휴대전화 사진을 훔쳐보고 있다는 사실을 특별히 눈치채지 못했다. 그런데 얼마 후 그가 갑자기 내게 연예인이냐고 물었다.

나는 낯선 사람이 내게 먼저 말을 걸었다는 사실에 잠시 당황했다. 보통 내가 먼저 다른 사람에게 말을 걸었지, 상대방이 내게 먼저 말을 걸어오는 경우는 거의 없기 때문이다. 나는 속으로 이 남자가 무슨 꿍꿍이일까 생각하며, 혹시 시비가 붙었을 때, 내가 이길 확률을 계산해 봤다.

나는 그에게 이 헤드폰은 팟캐스트를 녹음할 때만 사용하는 것이라고 알려 줬다. 그러면서 휴대전화에서 팟캐스트 앱을 찾아 보여 줬다. 그는 자신의 휴대전화를 꺼내 팟캐스트 앱을 찾아보더니 신기한 듯 활짝 웃었다.

그런데 그다음 그의 한마디가 나를 당황하게 했다.

"팟캐스트를 하면 돈을 벌 수 있나요?"

아마 그 젊은 남자는 돈을 벌고 싶은 마음이 간절했던 것 같다. 그렇지 않았다면 팟캐스트가 대체 무엇인지부터 알아봤을 테니 말이다.

나는 유명한 팟캐스트 프로그램 몇 개를 그에게 소개하며, 이런 사람들은 워낙 유명해서 스폰서도 있고 광고도 들어오기 때문에 돈을 많이 벌 거라고 설명했다. 그는 이해했다는 듯 고개를 끄덕였다.

그의 질문은 여기까지였지만, 나는 그에게 열정의 힘이 무엇인지 알려 주고 싶었다. 그래서 기차가 타이난으로 향하는 동안 그에게 이런저런 질문을 던졌다. 그와 대화를 나누는 동안 내 안에 숨겨진 진행자 본능이 깨어났고, 그도 순순히 자신의 이야기를 털어놓았다.

남자의 나이는 서른 살이었고, 현재 건설 현장에서 일하고 있으며, 이미 결혼해서 아이도 두 명이나 있었다. 중학교 때 부모님 두 분 모두 병으로 돌아가신 뒤 할머니와 함께 살게 되었는데, 그 뒤로 반항심이 커지면서 고등학교 1학년 때 학교를 자퇴하고, 소년원에도 다녀왔다. 그는 온전한 가정이 있는 사람이 가장 부럽다고 말했다. 아마도 너무 어렸을 때 부모님의 사랑을 잃고 온전히 마음 둘 곳이 없었던 것 같았다.

그는 공부하는 것을 좋아하지 않았기 때문에 건설 현장의 단순 노동 같은 일만 할 수 있었다. 그마저도 서른 군데가 넘는 일자리를 전전해야 했다. 그러다가 거푸집 만드는 일을 하게 되면서 한곳에 정착하게 되었다고 한다. 지금은 한 달에 이틀만 쉬고, 매일 일을 하고 있다. 그의 꿈은 하루빨리 가난에서 벗어나 아주 작더라도 자신만의 집을 갖는 것이라고 했다.

그는 친구가 거의 없다고 했다. 그나마 있는 친구들도 술친구일 뿐, 자신의 고충을 허심탄회하게 털어놓을 수 있는 사람은 없다고 했다. 그리고 인간의 본성이 얼마나 악한지 알고, 자기 잇속만 챙기려는 사람이 너무 많다면서 점점 더 사람을 경계하게 된다고 말했다. 대화를 나누다 보니 그는 지금 나와는 완전히 다른 세상에 살고 있는 것 같았다.

열차가 곧 목적지에 도착한다는 안내 방송이 흘러나왔다. 그러자 그가 대뜸 내게 전화번호를 알려 줄 수 있느냐고 물었다. 그의 표정을 보니 나와의 대화가 꽤 만족스러운 것 같았다. 아마도 그동안 그에게 나와 같은 질문을 던진 사람은 없었을 것이다. 예를 들면, 앞으로 남은 인생을 어떻게 살아갈 것인지, 학교에 돌아가서 학업을 마칠 계획은 없는지, 아이들을 어떻게 교육시킬 계획인지 등의 질문을 말이다.

나는 흔쾌히 그에게 내 전화번호를 알려 줬다. 그는 곧바로 전화를 걸어 내 번호가 맞는지 확인하고, 자신의 번호를 남겨 줬다. 이런 재빠른 행동력은 나와 꼭 닮아 웃음이 났다.

그에게 왜 나랑 계속 연락하고 싶은지를 물었다. 그는 나와 이야기를 나눌 때 마치 아버지와 대화를 나누는 것 같은 따뜻함을 느꼈다고 말했다. 나는 그의 말을 듣고 마음속에서 말로 설명하기 힘든 벅찬 감동이 밀려왔다.

우리는 서로 완전히 다른 삶을 살고 있지만, 겉으로 보이는 차이가 둘 사이의 거리를 결정하지는 않는다. 사람과 사람 사이를 가깝게 이어 주는 것은 진정한 소통과 함께하는 마음이다. 그의 인생에 조금이나마 따뜻함을 전할 수 있다는 것만으로도 나에게는 큰 행복이다.

국어 선생님을 찾습니다

도전을 두려워하지 않고 최선을 다하다 보면
실패 과정에서 의외의 성과를 얻기도 한다.

2024년 여름 방학, 타이난 옌칭鹽埕 도서관에서 강연 요청을 받았다. 내게 강연을 요청한 담당자는 이치였는데, 그녀는 지난 몇 년간 도서관에서 다채로운 강연과 행사를 기획해 온 유능한 직원이었다.

나는 그날 강연 말미에 천이즈陳義芝의 시 〈절수浙水〉가 적힌 슬라이드를 띄웠다. 이 시는 대학 시절에 내가 가장 좋아하던 작품이다. 시의 마지막 부분에는 이렇게 쓰여 있었다.

> 나이가 들면 후회하게 될까. 산으로 가지 않고, 바다를 향해 노를 저은 것을.

이 시구는 읽을 때마다 내게 주어진 시간을 소중하게 여기고, 후회하지 않기 위해 더 열심히 살아야겠다는 마음이 들게 한다.

또 다른 시인 시무롱席慕蓉의 시에는 이런 구절이 나온다.

> 눈물을 머금고, 읽고 또 읽는다.
>
> 청춘이라는 그토록 성급한 책을.

그렇다. 나는 다시 젊어질 수 없고, 젊었을 때만큼 제멋대로 살 수도 없다. 그러나 나는 현재를 살며, 여전히 열심히 꿈을 좇고 있다. 시간은 공평하다. 누구에게나 똑같은 시간이 주어지고, 똑같은 속도로 흐른다. 모든 일이 순조롭게 술술 풀린다고 해서 시간이 더 빨리 가는 것도 아니고, 온갖 시련에 부닥친다고 해서 시간이 더 느리게 가는 것도 아니다.

나는 종종 강연을 마무리할 때 시 〈절수〉를 화면에 띄워 놓고, 청중 중에서 낭독할 사람을 한 명 뽑는다. 그리고 함께 시를 낭독하며 시의 잔잔한 감동을 나눈다.

그런데 그날은 시를 낭독할 사람이 있느냐고 물었을 때 고요한 침묵만 흘렀다. 나는 굴하지 않고 다시 한번 시를 낭독할 사람이 없느냐고 물었고, 그때 누군가 드디어 손을 들었다. 나는 그 사람에게 정말 감사하다고, 덕분에 여기 있는 다른 사람들이 모두 십 년 감수한 것 같다며 농담을 던졌고, 현장은 이내 웃음바다가 되었다.

손을 든 사람은 한 젊은 여성이었는데, 그녀가 시를 낭독하기 시작했을 때 나는 깜짝 놀랄 수밖에 없었다. 목소리, 표정, 발음 그 무엇 하나 흠잡을 데 없이 완벽했기 때문이다.

낭독이 끝나고 나서 그녀에게 혹시 국어 선생님이시냐고 물었다. 나의 예감대로 그녀는 국어 선생님이 맞았다. 나는 이 정도의 낭독 실력이면 배우거나, 그렇지 않다면 문학에 조예가 깊은 국어 선생님일 거라고 확신했다.

강연이 끝나고 몇몇 독자들이 책에 사인을 해 달라고 찾아왔고, 나머지 청중들은 하나둘 강연장을 떠났다. 사인을 모두 마친 뒤 문득 조금 전 그 국어 선생님에게도 책을 한 권 선물해야겠다는 생각이 들었다. 하지만 그녀는 이미 강연장을 떠나고 없었다.

나는 곧장 이치를 찾아가 그 국어 선생님이 누군지 아느냐고 물었지만, 이치도 잘 모른다고 했다.

"그럼 혹시 오늘 참석자 명단을 줄 수 있나요? 구글에 검색해 보면 국어 선생님을 찾을 수 있을지도 모르니까요."

나는 영업을 했던 사람이라 사람을 찾는 데 탁월한 재주가 있었다.

결론부터 이야기하자면, 나는 명단에 기재된 이름을 검색해 그 국어 선생님을 찾았다. 하지만 내가 검색한 내용을 확신할 수 없었기 때문에 먼저 이치에게 명단에 나와 있는 연락처로 연락을 해 달라고 부탁했다. 그리고 연락이 닿으면 내가 직접 감사 인사와 작은 선물을 전할 수 있게 전화해 달라고 부탁했다. 사실 그녀가 거절해도 어쩔 수 없는 일이었다. 하지만 다행히 다음 날 이치가 그녀와 연락이 닿았다며, 정말 그 국어 선생님이 맞았다는 소식을 전해 줬다. 나는 기쁜 마음으로 곧장 그녀에게 전화를 걸었다. 우리는 짧게 통화를 하고 서로 페이스북 친구가 되었다. 물론 그녀에게 약속한 작은 선물도 잊지 않고 보내 줬다.

얼마 후, 그녀에게 다음과 같은 감사 메시지가 왔다.

정말 감사드립니다. 평소 학생들에게 무대에 자주 서 보라고 격려하는데, 제가 직접 서 볼 수 있는 기회가 있어서 정말 기뻤습니다.

그녀는 이번에 나를 통해 사람에 대한 진심과 적극성을 느꼈다고 덧붙였다.

이번 일을 통해 느낀 점은 일단 시도하면 성공할 기회가 생긴다는 것이다. 성공하면 행운이고, 성공하지 못하면 그것 또한 운명이다. 최선을 다해 노력했다면 그것만으로도 충분하다. 또 도전을 두려워하지 않고 최선을 다하다 보면 실패 과정에서 의외의 성과를 얻기도 한다. 하지만 이번 일에서 무엇보다 중요한 건 또 한 명의 좋은 친구를 얻었다는 것 아니겠는가!

'다른 사람을 돕는 것이 곧 나를 돕는 것이다'라는 말은
그냥 하는 말이 아니라, 인생의 진리다.
누군가의 안부를 묻고, 배려하고, 작은 선물을 하는 것.
친절과 선의는 반짝이는 별빛과 같아서 우리가 선함을 선택하고
먼저 손을 내밀 때, 세상은 더 많은 따뜻함과 가능성으로 응답한다.

Part 3

연애는 나를 더욱 강하게 만든다

세 가지 약속

지식과 견문은 인생에서 가장 중요한 열쇠다.
이 열쇠를 손에 쥐고 있으면 언젠가
내 인생을 바꿔 줄 운명의 문을 열 수 있다.

지난 십 년 간, 나는 공익을 위한 모금 행사가 열린다는 소식을 들으면 일단 현장으로 찾아가 그곳에서 담당자들과 이야기를 나누며 그들이 필요한 것이 무엇이고, 목표가 무엇인지 자세히 알아봤다. 그런 다음 여러 소셜 미디어에 해당 내용을 업로드했다. 보통 이런 행사는 지방 소도시에서 열리는 경우가 많아 차로 몇 시간씩 이동해야 했지만, 나는 즐거운 마음으로 기꺼이 행사에 동참했다.

그런데 어느 날, 한 모금 행사가 도시에서 열린다는 반가운 소식을 들었다. 그것도 내 고향, 타이난에서 말이다. 놀라운 건, 오래된 도시이기는 하지만 꽤 번화한 도심 한복판에 여전히 한 부모 가정, 조손 가정, 저소득층 가정 등 도움의 손길이 필요한 사람이 많이 살고 있다는 사실이었다.

2022년 봄에 열린 이 모금 행사는 내 친구 젠즈의 아이디어였다. 젠즈는 몇 년 전부터 한 보육원을 후원하고 있었는데, 그곳의 선생님으로부터 아이들을 태우고 다니는 차량이 너무 오래되어 자주 고장이 난다는 이야기를 듣게 되었다.

이 보육원은 타이난 아이홉 협회에서 설립한 것이고, 십여 년 전부터 한 교회 목사님의 도움을 받아 형편이 어려운 아이들을 돌보고 있다. 하지만 아이들의 수가 점점 많아지면서 협회 자금만으로는 운영이 힘들어졌고, 정부 지원금을 신청해서 받고 있지만 금액이 많지 않아 후원자가 보내 주는 기부금에 의존하고 있다. 아이들을 태우고 다니는 20년도 넘은 노후 차량은 최근 몇 달 동안에만 벌써 여러 번 도로 한복판에서 멈춰 섰다고 했다. 비가 오거나 태풍이 부는 날에는 굉장히 위험할 수 있는 상황이었다.

보육원에 찾아갔을 때 선생님으로부터 코끝을 찡하게 한 이야기를 들었다. 보육원 아이들은 학교 수업이 끝나면 다 같이 모여서 보육원 차량이 오기를 기다린다고 한다. 그러는 동안 다른 아이들은 부모가 멋진 차를 타고 맛있는 간식을 사들고 데리러 온다. 그걸 본 보육원 아이들은 선생님께 이렇게 물어본다고 한다.

"왜 나는 부모님이 없나요?"

"왜 나는 가족이 없어요?"

나는 이 이야기를 듣고 눈시울이 붉어졌다. 그리고 마음속으로 다짐했다. 이 아이들이 안전하게 타고 다닐 수 있는 차량을 반드시 마련해 주겠다고.

사랑의 목소리는 하느님도 들을 수 있을 만큼 크다. 모금 행사는 여러 소셜 미디어의 큰 관심을 받았고, 200여 명이 마음을 모아 금세 목표한 모금액을 달성했다. 보육원 선생님과 아이들은 나와 젠즈의 도움에 깊은 감사의 마음을 전했다. 그리고 새로운 차량이 나오면 주말 오후에 함께 작은 기념식을 열기로 했다.

기념식이 열리던 날, 보육원의 작은 예배당에 들어서자 반짝이는 눈망울을 가진 사랑스러운 아이들이 보였다. 아이들은 환영의 의미로 〈아주 작은 꿈〉이라는 노래를 부르며 귀여운 율동도 보여 줬다. 아이들의 때 묻지 않은 순수한 노랫소리는 정말 감동적이었다.

파란 하늘은 하얀 구름의 아름다운 고향,

대지는 작은 풀들이 자라나는 곳이죠.

바다는 강물의 쉼터가 되고, 꿈은 미래의 행복이에요.

아주 작은 꿈으로 큰일을 이룰 수 있어요.

우리 주 아버지의 힘을 믿어요.

아주 작은 꿈으로 세상을 바꿀 수도 있죠.

그 꿈은 내일의 희망.

여호와는 우리의 힘, 주를 찬양.

우리의 앞날은 모두 그 분께 맡기고,

우리를 더욱 강하게 해 주심을 믿어요.

나는 아이들이 부르는 찬송가에 완전히 빠져들었고, 마음 속에서는 벅찬 감동이 밀려왔다. 노래가 끝나고 선생님은 내게 아이들에게 해 주고 싶은 이야기가 있느냐고 물었다. 나는 아이들에게 세 가지 이야기를 전했다.

첫째, 이번 모금 행사 때 200여 명의 사람이 마음을 모아 이 차량을 살 수 있었으니, 감사하는 마음을 갖자. 감사는 우주에서 가장 큰 힘을 갖고 있고, 감사할 줄 아는 사람은 행복한 인생을 산다.

둘째, 앞으로 능력이 된다면 타인을 돕고 베풀며 살아가자. 능력이라는 것이 꼭 '돈'을 의미하는 것이 아니다. 따뜻한 미소, 진심 어린 안부 인사, 크고 작은 심부름 등 모두 다른 사람을 돕는 능력이다. 다른 사람을 도울 줄 아는 사람만이 행복한 인생을 살 수 있다.

마지막으로 나는 아이들에게 책을 열심히 읽어야 한다고 강조했다. 지식의 힘으로 가난에서 벗어나고, 학습을 동력 삼아 더 넓은 세상을 탐색할 수 있기를 바라는 마음에서였다. 지식과 견문은 인생에서 가장 중요한 열쇠다. 이 열쇠를 손에 쥔다면, 언젠가 인생을 바꿔 줄 운명의 문을 열 수 있다.

'감사, 나눔, 독서', 내가 아이들에게 전해 줄 수 있는 인생의 중요한 키워드는 바로 이 세 가지였다. 이번 행사를 통해 도움의 손길이 필요한 곳에 조금이나마 보탬이 될 수 있어 정말로 행복했다.

여행과 수행

타이둥으로 가는 여정은 '여행'인 동시에 '수행'이기도 하다.
여행이 '밖으로 향하는' 여정이라면,
수행은 '내면으로 향하는' 여정이다.

지난 글에서 아이들의 통학 차량 교체를 위한 모금 활동을 소개했다면, 이번 글에서는 필요한 곳에 직접 물건을 실어 나르는 기부 트럭에 관해 소개하려고 한다. 두 행사 모두 젠즈가 기획하고 나에게 도움을 요청한 것인데, 다른 점이라면 이 기부 트럭이 타이난처럼 번화한 도시가 아닌 타이둥臺東縣의 한 벽지 마을로 운행한다는 것이었다.

타이난에서 타이둥까지는 차로 약 서너 시간 정도가 걸린다. 나는 타이둥에서 열리는 강연과 공익 모금 활동 등에 참여하느라 1년에 여섯 번 이상 이곳을 오가서, 지금까지 누적된 운전 거리와 시간이 상당하다. 하지만 최남단 가오슝에 사는 젠즈가 오고 가는 거리에는 비할 바가 못 된다.

젠즈에게 타이둥은 제2의 고향이나 다름없다. 그는 거의 매주 타이둥 벽지 마을의 소외 계층을 위해 필요한 물자를 실어 나르고 있으며 도움이 필요한 곳에 누구보다 빠르고, 가까이 다가가 있는 친구다.

사실 나는 장거리 운전을 힘들어하지 않는다. 예전에 회사가 창화彰化에 있을 때, 매일 타이난에서 통근했기 때문에 익숙한 일이기도 하다.

대만의 서부 지역을 오고 갈 때는 여행이라는 느낌이 들지 않지만, 타이둥이나 화롄花莲처럼 동부 지역을 다닐 때는 강연을 갈 때든, 모금 활동에 참여하러 갈 때든 꼭 여행을 가는 것 같은 기분이 든다. 그 차이는 바로 '바다'를 볼 수 있느냐 없느냐에 있다! 타이난에서 출발해 남쪽으로 달리다 보면 핑둥屏東 지역을 지나게 되는데, 이때 오른쪽으로 대만 해협을 볼 수 있다. 운전하다가 잠시 쉬고 싶으면 해안 도로에 있는 카페에 잠시 들러 커피를 마시며 멍하니 앉아 바다를 구경할 수도 있다.

다시 도로를 달리다 보면 1번 도로에서 9번 도로까지 이어지는 남회南回 국도를 만나게 된다. 최근에 신 남회 국도가 생기면서 예전보다 30분 정도 이동 시간이 단축되었다. 그렇게 몇 킬로미터를 계속 달리다 보면 얼마 지나지 않아 끝도 없이 펼쳐진 태평양 바다가 눈앞에 펼쳐진다. 그럼 어느새 타이둥에 도착해 있다.

대만은 동쪽과 서쪽에 모두 바다가 펼쳐져 있고, 저마다의 독특한 풍경을 자랑한다. 나에게 타이둥으로 가는 여정은 '여행'인 동시에 '수행'이기도 하다. 여행이 '밖으로 향하는' 여정이라면, 수행은 '내면으로 향하는' 여정이다. 여행은 산으로 바다로 아름다운 풍경을 찾아다니며, 최종적으로 아름다운 자신의 모습을 발견하는 과정이다. 수행은 복을 짓고, 지혜를 쌓으며 원만한 내면을 가꾸어 가는 과정이다. 여행과 수행은 함께해야 완전해진다.

이번 행사는 타이둥 다우大武현의 한 마을에서 열리는 것이었다. 이 마을에는 젠즈가 몇 년 동안 알고 지낸 예샤오라는 사람이 있다. 그녀는 자신의 차로 마을을 오가며 필요한 물품을 나르는 봉사를 해 온 따뜻한 사람이다. 젠즈는 예샤오의 차가 10년이 훨씬 넘은 노후 차량인 데다 험준한 산악 마을을 오르내리기에는 무리가 있다고 판단해, 이번 기회에 그녀를 위해 소형 화물차 한 대를 마련하자고 제의했다.

이번에 내가 타이둥을 방문한 이유는 예샤오를 만나 더 자세한 이야기를 듣기 위해서였다. 예샤오와 인터뷰를 하는 동안 그녀가 정말 낙천적이고 마음 따뜻한 사람이라는 걸 알 수 있었다. 그녀는 자기 자신도 형편이 넉넉한 편이 아니었지만 어렵게 사시는 독거노인들과 빈곤 가정의 사정을 보고 기꺼이 힘을 보태게 되었다고 했다.

인터뷰를 마치고 떠나기 전, 그녀는 자신의 차 트렁크를 열어 보여 줬다. 그 안에는 몸이 아파 침대에 누워 생활하는 노인들께 전달할 성인용 기저귀가 가득 실려 있었다.

나는 그녀와의 인터뷰 내용과 모금 행사에 관한 정보를 여러 소셜 미디어에 게재했고, 며칠 만에 화물차 구매를 위해 필요한 모든 비용을 마련할 수 있었다. 그뿐만 아니라, 나는 모금 기간에 이 내용을 회사 이사회에 공유해 화물차를 사용하는 데 필요한 유류비를 비롯한 유지비를 추가로 마련할 수 있었다.

얼마 후, 젠즈와 나는 예사오에게 화물차를 전달해 주기 위해 다시 한번 타이둥을 방문했다. 예사오는 특별히 마을 성당에서 수녀님들을 모셔 와 화물차의 안전한 운행을 위한 기도를 부탁드렸다. 우리는 모두 손을 잡고 화물차를 통해 도움이 필요한 사람들에게 안전하게 물품이 전달될 수 있기를, 그로써 마을 사람들이 평안과 행복을 영위할 수 있기를 빌며 정성껏 기도했다.

우리 사회에서 도움이 가장 많이 필요한 계층은 노인과 아이들이다. 그런 그들에게 미약한 힘이나마 보탤 수 있어서 정말 행복했다. 이타적인 사랑은 그 무엇보다 강한 힘을 발휘한다. 다른 사람을 돕는 것, 이것이 나의 가장 큰 사명이자 평생의 과업이다.

길 위에서 만난 기적

다른 사람을 돕는 일은 '돈'이 아니라,
'마음'으로 하는 것이다.

샤오양이 오토바이 전국 일주를 계획했다. 샤오양은 올해 마흔 살로, 신베이 단수이淡水에 사는 친구였는데, 마흔 살 생일을 맞아 혼자서 오토바이를 타고 여행을 떠났다. 먼저 최남단으로 내려가 타이중, 타이난, 가오슝, 핑둥을 거쳐 타이둥을 지나고 다시 북쪽의 화롄, 이란宜蘭縣을 거쳐 신베이 단수이에 닿는 일정이었다. 이 얼마나 흥미진진한 여행인가!

그가 화롄 루이수이瑞穗 지역을 지날 때였다. 문득 예전에 그 지역의 한 초등학교에서 벽지 마을 아이들을 위한 급식 프로젝트를 진행했던 기억이 났다. 그래서 그 지역에 대한 인상이 깊이 남아 있었다. 그는 잠시 고민했다. 전국 일주를 계획한 일정 내에 마치려면 북쪽으로 계속 올라가야 했지만, 왠지 모르게 마음이 계속 학교로 향하고 있었다. 샤오양은 방향을 틀어 학교에 잠시 들르기로 했다.

샤오양이 학교 앞에 도착했을 때, 야구 유니폼을 입은 학생 두 명이 교문 앞에 서 있었다. 그는 호기심에 아이들에게 다가가 왜 여기 서 있느냐고 물었다. 아이 하나가 곧 교문 앞에서 야구팀 전체가 집합해서 학교 버스를 타고 타이중으로 야구 시합을 하러 떠난다고 알려 줬다. 둘은 다른 아이들보다 조금 일찍 도착해서 기다리던 중이었다.

아이들과 잠시 이야기를 나누고 있으니 잠시 후에 코치 세 명과 나머지 아이 열 명 정도가 차례로 교문 앞에 도착했다. 샤오양은 잠시나마 아이들과 이야기를 나눌 수 있어서 마음이 흡족했다. 그래서 다시 오토바이에 시동을 걸고 화롄으로 떠날 준비를 했다. 그런데 그때 함께 이야기를 나누던 아이 하나가 큰소리로 그에게 말했다.

"아저씨, 내일 저희 경기 보러 와 주실래요?"

샤오양은 웃으며 아무 대답도 하지 않았다. 이번 여행의 목적은 전국 일주인데, 어떻게 내일 다시 타이중으로 내려간단 말인가? 그는 버스에 타는 아이들에게 손을 흔들어 인사를 건네며 내일 경기에서 좋은 성적을 거둘 수 있기를 바란다고 응원했다. 그러고는 오토바이를 타고 북쪽으로 계속 달려 숙소가 있는 화롄시에 도착했다. 그런데 아름다운 풍경을 바라보며 달리는 동안 조금 전 아이가 건넨 그 한마디가 내내 그의 마음에 맴돌았다.

“아저씨, 내일 저희 경기를 보러 와 주실래요?”

그는 호텔 침대에 누워 타이중까지의 경로와 시간을 계산해 봤다. 중횡中橫 고속도로를 타고 가다가 타이루거 국립공원에서 왼쪽으로 계속 달리다 보면 타이중이었다. 아이들의 야구 경기가 열리는 경기장까지 도착하려면 대략 여덟 시간 정도가 걸릴 것 같았다. 생각이 여기까지 미쳤을 때 그는 전국 일주 계획을 잠시 중단하기로 결심했다. 대신 새벽 여섯 시에 일어나 아주 특별한 여행을 시작했다. 아이들이 응원하러 온 자신의 모습을 보면 정말 기뻐할 것 같았다. 그는 열심히 달려 오후 세 시쯤 경기장에 도착했다. 샤오양이 경기장에 나타나자 아이들뿐만 아니라 코치들도 깜짝 놀라 입을 다물지 못했다. 한 코치가 그에게 장난스럽게 물었다.

“양 선생님, 화롄에서 날아오신 건 아니죠?”

아이들 모두 웃음을 터트렸다.

샤오양은 새벽부터 쉬지 않고 달려와 피곤했지만, 야구팀의 임시 매니저가 되어 주기로 했다. 그는 벽지 마을 아이들이 이렇게 큰 도시에까지 와서 경기하는 일이 굉장히 드문 기회라는 것을 잘 알고 있었다. 그래서 기왕 아이들이 멀리까지 나온 김에 코치진과 상의해 내일 경기가 모두 끝나고 아이들에게 맛있는 저녁을 사 주기로 했다.

샤오양은 타이중에 있는 이탈리안 레스토랑을 찾아가 점장에게 아이들 스무 명 정도가 식사할 수 있는지 물었다. 그는 어린 선수들에게 이탈리안 파스타와 피자를 사 주고 싶었다. 점장은 친절하고 서비스 마인드가 뛰어난 사람이었는데, 그에게 어떤 특별한 행사가 있느냐고 물었다. 샤오양은 상황을 자세히 설명했다.

그 이후 점장은 페이스북 공식 페이지에 이 특별한 식사에 관한 글을 남겼고, 그렇게 해서 처음 샤오양을 알게 되었다. 나는 곧바로 그에게 메시지를 보냈고, 그를 통해 더 자세한 이야기를 들을 수 있었다. 그리고 나중에 기회가 되면 직접 만나고 싶다는 의사를 전달했다.

이 일은 2021년 10월, 어느 멋진 가을날에 있었던 일이다. 그때 그가 타이중으로 돌아가기로 마음먹지 않았다면, 그 후 나와 베이브 루스 리그Babe Ruth League와의 인연도 닿지 않았을 것이다.

샤오양과 인연이 닿은 지 한 달 정도 되었을 때, 어느 날 그에게 전화가 걸려 왔다. 지난번에 알게 된 푸위엔 초등학교 야구팀의 장마오산 코치를 소개해 주고 싶다는 연락이었다. 나는 당연히 좋다고 대답했다.

푸위엔 초등학교는 전교생이 70명밖에 되지 않는 작은 학교였다. 화롄시에서도 멀리 떨어진 외딴 마을이라 정보와 물자가 늘 부족했고, 생계를 위해 가장이 도시로 떠나 한 부모 가정이나 조부모 가정이 많은 곳이었다.

장 코치는 2019년 미국 베이브 루스 리그 세계 주니어 선수권 대회를 참관하러 갔다가 리그 사람들과 회의를 한 적이 있는데, 그때 이런 의미심장한 질문을 던졌다고 한다.

“1등이 아닌 아이들에게 우리는 과연 무엇을 제공해 줄 수 있을까요?”

질문의 요지는 이러했다. 도시에 사는 아이들은 깨끗하고 넓은 경기장에, 최고의 코치진, 넉넉한 경비 덕분에 각종 대회에서 더 쉽게 우승할 수 있지만, 상대적으로 시골 벽지의 아이들은 이러한 환경을 누리지 못한다. 그러니 이러한 취약 계층 아이들에게도 동등한 기회를 줘야 하지 않겠냐는 뜻이었다.

베이브 루스 리그에서는 대만 동부 벽지와 취약 계층 아이들에게 깊은 관심을 보였고, 어린 야구 꿈나무들의 발전을 위해 장 코치에게 대만 베이브 루스 리그를 설립해 달라고 부탁했다.

나와 연락이 닿았을 때 장 코치는 '2021 대만 베이브 루스 전국 선수권 대회' 개최를 준비 중이었다. 이 대회에는 총 열네 곳의 벽지 학교 야구팀을 초청할 예정이었는데, 큰 기업들의 후원이 전혀 없는 상황이어서 장 코치를 비롯한 코치진이 모금을 통해 대회 개최 비용을 마련해야 했다.

나는 취약 계층 아이들의 꿈을 응원하려는 장 코치의 노력에 마음이 움직였고, 페이스북 페이지에 관련 내용을 소개하며 모금 활동에 동참해 달라는 글을 올렸다. 그리고 일주일 만에 여러 친구가 적극적으로 동참해 준 덕분에 모자랐던 대회 개최 비용을 모두 마련할 수 있었다. 그중에는 NGO 단체에 근무하는 한 친구가 있었는데, 본인도 월급이 많지 않아 생활비가 빠듯한 상황임에도 모금 활동에 꼭 참여하고 싶어

했다. 그는 조심스럽게 5만 원 정도만 기부해도 괜찮겠냐고 물었고, 나는 당연히 괜찮다고 대답했다. 나는 그 친구에게 다른 사람을 돕는 일은 '돈'으로 하는 것이 아니라, '마음'으로 하는 것이고, 베풀 줄 아는 사람은 세상에서 가장 행복한 사람이라고 말했다.

얼마 후, 장 코치는 모금 행사에 대한 감사 인사로 타이둥에서 열리는 야구 대회에 나를 초대했다. 나는 일 때문에 대회 기간 내내 참석하지는 못했지만, 다행히 중간에 이틀 휴일이 있어서 개막식과 이후 몇 개의 경기를 더 볼 수 있었다. 경기장에서 아이들의 해맑은 미소와 그라운드를 오가며 외치는 귀여운 구호 소리를 보고 들으니, 마음이 절로 따뜻해지고 깊은 감동이 몰려왔다.

경기장에 줄곧 함께하지는 못했지만, 대회 주최 측의 세심한 배려로 이후에도 모든 경기를 인터넷에서 생방송으로 시청할 수 있었다. 폐막식이 열리던 날, 나는 타이난에서 인터넷 생방송을 통해 감동적인 순간을 함께했다.

그날 폐막식에서 진행된 시상식은 아주 특별했다. 보통 시상식은 귀빈들이 나와서 상을 나눠 주지만, 베이브 루스 리그의 시상식은 선수가 선수에게 상을 주는 형식으로 진행되었다. 그라운드 위에서는 승패를 다투는 경쟁자이지만, 밖에서는 모두가 좋은 친구라는 의미를 보여 주는 시상식이었다.

야구를 배우다 보면 빛나는 순간도 있고, 실패하고 좌절하는 순간도 있다. 중요한 건, 겸손한 자세로 동료들을 사랑하는 마음을 갖고, 경기를 통해 더 나은 모습을 찾아가는 과정이다. 베이브 루스 리그를 통해 아이들에게 이러한 점을 가르쳐 주고 싶었다.

서로 다른 팀에 속한 두 어린이가 악수와 포옹을 나누고 서로에게 격려의 말을 건네는 모습은 인간 세상에서 볼 수 있는 가장 감동적이고 아름다운 장면이다. 아이들은 이처럼 티 없이 맑은 존재다. 이처럼 아이들의 해맑은 모습을 볼 때면 나 역시 순수하고 행복했던 그 시절로 돌아간 것 같다.

타이둥에서 열린 대회 이후, 장마오산 코치와 한층 더 가까워졌다. 이듬해 설날, 나는 푸위엔 초등학교 야구팀 선수들을 만나기 위해 화롄에 방문했고, 모두에게 작은 선물을 전달한 뒤, 장 코치와 함께 점심을 먹었다. 나에게 이러한 특별한 만남과 우정은 그 무엇보다 소중했다.

점심을 먹으면서 장 코치로부터 대만 베이브 루스 리그 야구팀 아이들이 8월에 미국에서 열리는 '베이브 루스 리그 세계 주니어 선수권 대회'에 참가할 거라는 소식을 전해 들었다. 대회에 출전할 U-12 선수들을 선발하기 위해 5, 6월경에 가오슝에서 대회를 개최할 예정이고, 이 대회에 총 17개의 벽지 학교 야구팀이 참가해 경합을 벌인다고 했다. 그러면서 이번 대회 역시 기업의 후원이나 고정적인 지원이 없는 상태라 개최 비용이 많이 부족한 상태인데, 혹시 도움을 줄 수 있느냐고 물었다. 나는 당연히 도와드릴 수 있다고 대답했다. 이번 대회는 지난번 대회보다 규모가 크기 때문에 경비가 훨씬 더 많이 필요하다는 걸 알고 있었지만, 그럼에도 기꺼이 힘을 보태고 싶었다. 마음속에 아이들의 천진난만한 미소와 기뻐할 모습을 떠올리니 의욕이 샘솟았다.

우선 리그 담당자와 총비용을 계산해 본 다음, 내 힘으로 7,000만 원 정도를 모아 보겠다고 말했다. 사실 호기롭게 약속은 했지만 불과 1년 만에 지난번 타이둥 대회 때 모금한 금액의 세 배 가까이 되는 돈을 마련할 수 있을지 조금은 걱정이 되었다.

경험상 이렇게 큰 금액은 페이스북에 글을 올리고 모금하는 것만으로는 목표치에 도달하기 힘들다. 그래서 다른 방법을 생각해 보다가 결국 두 가지 루트를 더 활용하기로 했다.

첫 번째는 온라인 강연을 통한 모금이었고, 두 번째는 기업 후원을 받는 것이었다.

2022년은 여전히 코로나19 바이러스가 만연한 시기였고, 대부분의 강연이 온라인으로 바뀐 상태였다. 그래서 강연을 통한 모금이 효과가 있을 거라 생각했다. 나는 곧바로 강연해 줄 세 명의 연사를 모았고, 큰 주제는 '영업력을 키우면 인생이 즐겁다'로 정했다. 여기에 맞춰 량화이즈 선생님은 '성공하는 사람의 여덟 가지 특징'을 주제로, 장천자 선생님은 '무조건 성공하는 영업 방정식'을 주제로, 또 우위에중 선생님은 '유일한 영업 사원이 돼라'라는 주제로 각각 강연해 주셨고, 강연료는 1인당 5만 원으로 책정해 약 460만 원을 모금했다. 시작이 아주 좋았다.

나는 뒤이어 기업 방문 계획을 세웠고, 많은 기업이 이번 야구 대회에 후원해 주기를 바랐다. 야구장에는 외야를 둘러 현수막을 걸 수 있는 공간이 많아서 기업 광고를 하기에 안성맞춤이었다. 여러 기업에 연락을 취하고 설득한 결과 총 16개 기업이 후원에 참여해 주기로 했다. 그중에는 지난번에 아이들이 식사했던 이탈리안 레스토랑도 포함되어 있었다. 기업 후원은 이번 모금 행사의 가장 중요한 부분이었다. 나는 사회 공헌을 통해 기업이 소비자들에게 더 큰 사랑을 받을 수 있을 거라고 설득했고, 기업들의 적극적인 참여로 4,500만 원가량의 큰돈을 모금할 수 있었다. 사실 이 두 가지 방식은 처음 시도해 본 것인데 이렇게 큰돈이 모이다니, 정말 믿을 수 없었다.

그 후로 한 달 동안 일을 하는 시간을 제외하고는 거의 모든 시간을 베이브 루스 리그 모금 활동에 쏟아부었다. 강연을 나갔을 때도 모금 행사를 소개하고 소외 계층 아이들에게 이 기회가 얼마나 소중한지 설명했다. 그리고 최종적으로 페이스북을 통해 2,000만 원가량을 더 모금하면서 목표했던 7,000만 원을 모두 모을 수 있었다.

가오슝에서 열린 선수 선발 대회는 많은 사람의 후원과 도움 덕분에 성공적으로 개최되었고, 대만 베이브 루스 리그를 대표해 미국 '베이브 루스 리그 세계 주니어 선수권 대회'에 출전할 15명의 선수를 선발했다. 이제 이 선수들을 미국으로 보내는 일만 남았다. 대만 베이브 루스 리그는 선수들의 미국 참가 비용을 마련하기 위해 온라인 모금 활동을 벌였다. 하지만 베이브 루스는 유명한 리그가 아닌 데다가, 주니어 리그이기 때문에 일반 야구팬들이 관심을 가질 만한 사안이 아니었다. 모금을 시작한 지 며칠이 지나고, 선수단이 미국으로 출국해야 할 날도 점점 다가왔다. 나는 걱정스러운 마음에 장 코치에게 모금 현황을 확인했고, 장 코치는 아직 3,500만 원이 부족한 상황이라고 전했다.

3,500만 원. 페이스북에서 모금을 받는다 해도 정해진 기간 내에 모으는 것은 불가능해 보였다. 하지만 지금은 시간과의 싸움이므로 페이스북에서 다시 한번 모금을 시도하기로 했다. 그런데 하늘도 내 간절한 마음을 알았는지, 기적이 일어났다! 두 명의 지인으로부터 거액의 후원금을 받게 된 것이었다.

첫 번째 지인은 아주 먼 곳에 살아서 만난 적은 없지만 페이스북을 통해 알게 된 친구 궈핀천이었다. 핀천은 내가 야구팀을 위해 모금을 하고 있다는 소식을 보고 곧바로 500만 원을 야구팀에 후원했다. 그뿐만 아니라 그는 직접 경기장을 방문해 선수들에게 음식과 물을 제공했고, 직접 엽서를 써 아이들에게 응원의 메시지를 전했다. 그의 적극적인 도움의 손길에 정말 감사할 따름이었다.

두 번째 도움의 손길을 내밀어 준 분은 한 기업의 대표였다. 얼마 전, 한 의사 친구에게 야구팀에 후원해 줄 만한 기업이 있는지 물었을 때, 그가 사회 사업에 관심이 많은 한 기업 대표를 소개해 준 적이 있었다. 나는 급한 마음에 그분께 메시지를 보내 대만 베이브 루스 야구팀에 대한 이야기를 전했다. 사실 그 분은 소개받은 지 얼마 안 되어서 큰 기대를 하지 않았다. 그분이 나에 대해 잘 알지 못하는 데다가 한 번도 제대로 대화를 나눠 본 적도 없었다. 그래서 아주 적은 금액이라도 후원해 주시면 좋겠다는 마음으로 회신을 기다렸다. 그런데 정말 놀랍게도 다음 날 그분이 2,500만 원이라는 거액을 야구팀에 전달해 주셨다는 소식을 들었다. 나는 곧바로 전화를 걸어 감사 인사를 전했다.

결국 두 사람의 큰 후원과 페이스북 친구들이 십시일반 모금해 준 돈으로 부족한 경비를 모두 마련할 수 있었다. 이 모금 활동은 기적이라 불러도 좋을 만큼 놀라웠고, 평생 잊지 못할 감동적인 기억으로 남았다.

2024년 추석, 시원한 바람이 불어 달리기를 하기 딱 좋은 날씨였다. 나는 'WU롯'라는 이름이 적힌 베이브 루스 야구팀 유니폼을 꺼내 입었다. 지난 몇 년간 대만 베이브 루스 리그 모금 활동에 애써 준 것에 대한 감사 선물이었다. 나는 익숙한 도로를 달리며 생각에 잠겼다. 지금까지 살아온 반백 년 내 인생은 꽤 만족스러웠다. 그러나 조금 더 바라는 게 있다면 다음과 같다.

첫째, 능력을 조금 더 키워 더 많은 사람을 돕고 싶다.

둘째, 따뜻하고 너그러운 마음으로 더 넓은 세상을 넉넉히 품고 싶다.

셋째, 더 지혜롭게 인생의 여러 문제를 해결하고 싶다.

"열정'으로 세상을 움직이고, '꿈'으로 희망을 키우며, '친절'로 사랑의 씨앗을 심고, '이타심'으로 인생을 완성하다.'

베이브 루스 야구팀과 함께한 긴 여정을 통해 다시 한번 이 말을 마음속에 새겼다.

샤오양을 알지 못했다면, 그 이후 써 내려간 감동적인 서사에 함께하지 못했을 것이다. 자발성과 적극성은 행복한 인생을 열어 주는 열쇠다.

사익과 공익

내 인생 첫 경매였을 뿐만 아니라
즉흥적인 결정이라 무척 긴장되었지만,
왠지 좋은 예감이 들었다.

2024년 6월 16일은 나를 비롯해 대부분의 사람에게는 특별한 것 없는 평범한 하루였겠지만, 지금은 은퇴한 프로 야구 선수 저우쓰지에게는 아주 중요한 기념일이었다. 이날은 그가 프로 야구 인생에서 100번째 도루를 성공한 날이었고, 이로써 그는 CPBL 통산 1000 안타, 100 출루, 100 도루를 성공시킨 아홉 번째 선수가 되었다.

나는 저우쓰지와 알고 지낸 몇 년 동안 공익을 위한 그의 노력에 여러 번 감탄했다. 그는 야구 꿈나무 펀드를 만들어 벽지의 소외 계층도 야구를 할 수 있게 지원하고 있을 뿐만 아니라, 어린이 독서 교육에도 지속적인 관심을 기울이고 있으며,

매년 5,000만 원을 들여 어린 야구 선수들에게 장학금을 지급하고 있다. 그는 기업가도 아니고, 그렇다고 엄청나게 부유한 집안에서 태어난 사람도 아니다. 하지만 그런데도 그의 자선사업 업적은 대기업 회장님 못이 않을 정도로 대단하다.

내가 저우쓰지를 존경하는 또 다른 이유는 멈추지 않고 배우며 성장하려는 그의 태도에 있다. 그는 꾸준히 글을 쓰고 책을 출간해 왔으며, 우리가 처음 인연을 맺은 자리 또한 그의 첫 책 출판 기념회였다. 공통으로 알고 지내던 작가가 여럿 있었기에 우리는 자연스럽게 가까워질 수 있었다.

저우쓰지가 커리어의 정점을 찍고 은퇴를 준비할 무렵, 나는 20개의 홈 플레이트를 주문했다. 나도 하나 소장하고, 야구를 좋아하는 친구들에게 나눠 줄 기념품이었다. 이 홈 플레이트에는 저우쓰지의 친필 사인과 그의 손바닥 도장이 찍혀 있었고, 특별히 그의 업적을 기리기 위해 플레이트 위에 '100SB(도루 성공)'와 '2024년 6월 16일'이라는 날짜도 새겨 넣었다. 이처럼 의미가 담긴 기념품은 친구에게 선물해도 오래 간직할 만한 가치가 있을 것이라 여겼다.

얼마 후 저우쓰지가 속한 구단에서 그의 은퇴식 일정을 잡았다. 은퇴 경기 날짜는 2024년 9월 21과 9월 22일 이틀이었는데, 9월 21일에는 유명 록밴드 우위에텐의 공연이 예정되어 있어 그의 은퇴 경기 소식이 한층 더 주목받았다. 수많은 야구팬이 한꺼번에 몰리는 바람에 22일 표만 겨우 구할 수 있었지만, 그의 프로 야구 생애 마지막 경기를 지켜볼 수 있어서 정말 기뻤다.

2024년 11월 10일, 나와 치화 주임, 에릭 세 사람은 '사랑과 배움學以致愛' 재단의 초청을 받아 타이중 충싱대학교에서 개최한 유료 공익 강연에 참석하게 되었다. 강연 수익은 강연장 대관 비용만 제외하고 모두 '역풍 협회'에 기부되었다. 이 협회는 청소년이 실수로 생긴 '나쁜 아이' 꼬리표를 떼고 진정한 독립과 자아실현을 할 수 있도록 교육하고 도움을 주는 기관이다.

이와 관련해서 몇 년 전 친구 핀천의 요청으로 장화 지역에 있는 리즈 고등학교에서 강연을 한 적이 있었다. 나는 당연히 일반 고등학교라고 생각하고 갔는데, 알고 보니 이 학교는 법무부 소속 청소년 교정 시설이었다가 2021년에 촉법 소년들을 수용하는 교정 학교로 바뀐 곳이었다. 대만 전역에는 총 네 곳의 교정 학교가 있고, 이곳에는 천여 명의 청소년이 재학 중이다. 역풍 협회는 많은 관심과 사랑이 필요한 이 청소년들을 다각도로 지원해 주고, 각종 연극과 사회봉사를 통해 그들이 새로운 인생을 살 수 있도록 도와주는 중요한 기관이다.

치화 주임은 팬데믹의 영향으로 최근 역풍 협회의 후원금이 대폭 감소했다며, 강연을 통해 협회의 경제적 부담을 줄일 수 있기를 바랐다. 그날 유료 강연에는 100명 정도의 사람이 참석했고, 우리는 그들에게 우리 사회에 더 많은 관심과 사랑을 베풀고, 모금 활동에 지속적이고 적극적으로 동참해 주기를 호소했다.

강연은 세 사람이 돌아가면서 진행했고, 후반에는 역풍 협회의 설립자 청웨이셩이 나와 협회를 설립하게 된 계기와 운영 과정에서의 여러 가지 어려움에 관해 이야기했다. 청웨이셩의 설명을 들으니, 협회를 운영하는 일이 쉽지 않다는 생각이 들었다. 그러다 문득 내 가방 안에 저우쓰지의 사인 플레이트가 들어 있다는 사실이 떠올랐다. 혹시나 야구팬을 우연히 만나면 주려고 가방 안에 넣어 둔 것이었다.

이 플레이트를 협회에 기증해 경매에 부치면 꽤 큰 돈을 모금할 수 있을 거란 생각이 들었다. 강연이 있기 며칠 전, LA 다저스의 오타니 선수가 친 50번째 홈런 볼을 잡은 야구팬이 이 볼을 경매에 부쳤는데, 이 공을 대만의 한 투자 회사가

61억 원이라는 거액을 주고 낙찰받았다. 이 소식이 전해지면서 전 세계가 떠들썩했다. 그래서 저우쓰지의 친필 사인이 담긴 플레이트도 경매에 부치면 높은 가격에 팔 수 있을 것 같았다. 내 인생 첫 경매였을 뿐만 아니라 즉흥적인 결정이라 무척 긴장되었지만, 왠지 좋은 예감이 들었다.

치화 주임은 경매가 10만 원으로 경매를 시작했다. 그리고 이어서 사람들이 하나둘 더 높은 금액을 부르기 시작했다. 15만 원! 20만 원! 25만 원! 50만 원! 100만 원!… 사람들은 계속 소리쳤고, 현장은 갑작스러운 경매 행사에 떠들썩해졌다.

누군가 '200만 원'을 외쳤을 때, 나는 드디어 최고가에 도달했다고 생각했다. 그러나 그것이 끝이 아니었다. 누군가 '300만 원'을 외쳤고, 사람들은 환호했다. 나는 정말로 이제 끝이라고 확신했다. 그런데 그 순간 누군가 '400만 원'을 외쳤고, 현장은 그야말로 흥분의 도가니였다.

"400만 원!, 400만 원!, 400만 원! 네, 400만 원에 낙찰되었습니다!"

사람들이 일제히 박수를 치며 환호했고, 경매가 끝이 났다.

만약 경매에 나온 것이 오타니의 단 하나밖에 없는 홈런 볼이었다면 최고가를 부른 사람이 가져가는 것으로 끝이 났겠지만, 나에게는 저우쓰지의 기념 플레이트가 여러 개 있었다. 나는 이 기회를 놓치지 않고 조금 전 300만 원을 부른 사람을 찾아가 혹시 300만 원에 플레이트를 가져가지 않겠느냐고 물었고, 그분 역시 기분 좋게 제안을 수락했다. 그렇게 해서 그날 경매를 통해 모금한 금액은 무려 700만 원이었다.

저우쓰지를 기념하기 위해 구매한 홈 플레이트가 이렇게 큰 가치가 있을 줄 정말 몰랐다. 오타니의 홈런 볼이 사익을 위한 것이었다면, 저우쓰지의 플레이트는 공익을 위한 것이었다. 물론 사익이든 공익이든 저마다의 가치가 있다.

조용히 이어진 온기

사랑은 다른 사람의 필요에서
자신의 책임을 읽어 내는 것이다.

뤄샤오허는 국방부 대변인을 계속 맡아 달라는 제안도, 정부 기관 고위직 관료로 일해 달라는 부탁도 모두 완곡히 거절했다. 그는 모든 직을 내려놓고 남은 생애 동안 안드레아 자선 협회에서 소외 계층을 위해 일하고 싶다고 말했다. 그는 내가 존경하는 자선 사업의 선구자와 같은 사람이다.

2016년 여름, 뤄샤오허 장군은 31년간의 군 생활을 마치고 본격적으로 자선 사업에 뛰어들었다. 나는 뉴스에서 그의 소식을 접하고 다시 한번 크게 감복했다. 그리고 그를 직접 만날 수 있다면, 그에게 귀한 가르침을 받을 수 있다면 얼마나 좋을까 생각했다.

얼마 후, 나는 그동안 갈고닦은 영업 실력을 발휘해 뤄샤오허 의장과 직접적인 친분을 쌓을 수 있었다. 그리고 이를 계기로 몇 년 전부터 안드레아 푸드뱅크 모금 활동에 참여하고 있고, 기금 마련을 위한 탁상 달력 제작도 돕고 있다.

'선의를 베풀고 보상을 바라지 않으면 절로 행복해진다'

이는 자선 활동을 하면서 마음속에 품고 있는 가장 중요한 원칙이다. 선행의 여정에서 귀감이 되는 훌륭한 분을 따르고 배울 수 있다는 건 아주 큰 행복이다.

매년 여름, 안드레아 자선 협회에서는 저소득층 자녀를 대상으로 인성을 기르고, 생활 능력을 키우며, 시야를 넓히기 위한 '비상飛上 캠프'를 개최한다. 캠프는 3일 동안 열리고, 고등학생부와 대학생부가 나누어 열리는데, 내용은 크게 활동적인 프로그램과 정적인 프로그램으로 나뉜다. 감사하게도 협회에서 나를 캠프 강연자로 초청해 줘서 학생들에게 매년 '이타심'을 주제로 강연하고 있다.

2022년 여름에는 타이베이에서 캠프에 참가한 고등학생을 대상으로 '인맥'에 관한 강연을 했다. 뤄샤오허 의장은 '이타심'의 궁극적인 목표는 바로 긍정적인 '인맥'이라면서 이

점을 학생들에게 잘 설명해 주기를 바랐다. 이 강연은 학생들에게 좋은 인맥을 맺는 방법을 직접적으로 가르치기보다는, 어떻게 하면 좋은 사람이 될 수 있는지를 알려 주는 시간이었다. 나는 아이들에게 "마음속에 사랑이 있다면 어떤 순간에도 흔들림 없이 꿋꿋하게 살아갈 수 있다"고 말해 줬다. 사랑은 자신뿐만 아니라 이 세상을 아름답게 바꿔 주기 때문이다.

강연이 끝나고 타이중에서 온 한 여학생이 나를 찾아왔다. 그 여학생은 나를 보자마자 자기네 집 근처에 'NU PASTA'가 있는데, 파스타가 정말 맛있다고 신이 나서 말했다. 나는 우리 회사 음식이 맛있다고 칭찬해 주니 기분이 좋았다. 그래서 식사권을 몇 장 보내 줄 테니 집 주소를 알려 달라고 했다.

그로부터 1년 뒤, 나는 다시 한번 안드레아 자선 협회 여름 캠프에서 강연을 하게 되었다. 그때는 대학생 대상 강연이었다. 그날도 강연이 끝난 뒤 한 여학생이 나를 찾아왔다. 여학생은 직접 쓴 손 편지를 내게 건넸고, 나는 어리둥절한 표정으로 이 편지가 무엇이냐고 물었다. 여학생은 작년에 고등학생부 캠프에 참석해 강연이 끝나고 나를 찾아왔던 사람이 바로 자신이라고 소개했다. 파스타가 맛있다고 했던 그 여학생이었다. 1년 사이에 대학에 진학해 이제는 대학생 신분으로 캠프에 참가한 것이다.

나는 그 자리에서 편지를 열어 봐도 되냐고 물었고, 여학생은 웃으며 고개를 끄덕였다. 편지 봉투 안에는 편지 두 장과 사진 한 장이 들어 있었다. 오랜만에 손으로 쓴 편지를 받으니, 감회가 새로웠다. 게다가 직접 인화한 사진까지 들어 있다니, 정말 흥미로웠다.

먼저 편지를 읽기 시작했다. 깨끗한 흰 종이에 한 자 한 자 정성 들여 쓴 글씨가 보였다. 나는 네 번째 줄을 채 다 읽기 전에 눈에 눈물이 맺혔다.

편지에는 이렇게 쓰여 있었다.

존경하는 우자더 선생님께.

선생님 안녕하세요. 작년 안드레아 캠프에서 선생님께서 보내 주신 식사권으로 엄마와 남동생과 함께 NU PASTA에서 맛있는 식사를 했습니다. 아버지가 돌아가신 이후로 우리 세 가족이 처음으로 함께한 특별한 시간이었습니다. 보내 주신 따뜻한 마음에 정말 감사드립니다. 선생님의 책을 읽고 나서 다른 사람을 도우면 내게 더 강하고 따뜻한 힘이 생긴다는 걸 깨닫게 되었어요. 저도 선생님처럼 다른 사람들에게 선한 영향력을 미치는 사람이 되고 싶습니다. 저는 얼마 전 한 국립대학교에 입학했습니다. 이제 더 넓은 세상에서 열심히 배우고 성장하여 사회에 공헌할 수 있는 사람으로 거듭나겠습니다.

나는 봉투 안에 들어 있는 사진을 꺼내 보았다. 사진 속에는 여학생과 남동생이 맛있게 파스타를 먹고 있는 모습이 보였다. 내가 강연하러 온다는 걸 알고, 미리 편지를 쓰고 사진을 인화해 온 정성을 생각하니 깊은 감동이 밀려왔다.

누군가 내게 왜 자선 사업을 좋아하느냐고 묻는다면 이렇게 대답할 것이다. 바로 이러한 기회와 인연을 통해 우리 사회의 진짜 모습을 발견할 수 있기 때문이다. 더 많이 알고 이해할수록 더 많은 사람을 도와줄 수 있고, 그것이 바로 내 행복이다.

사랑은 다른 사람의 필요에서 자신의 책임을 읽어 내는 것이다. 다른 사람의 관점에서, 다른 사람을 위해 생각하면 당신의 세상은 언제나 따뜻하다.

우연한 만남

이타심은 행운을 불러오고,
베푸는 마음은 행복한 인생으로 이어진다.

나는 요즘 추천사를 써 달라는 부탁을 자주 받는다. 추천사를 쓰고 나면 출판사에서 내 직업과 직함을 다시 한번 확인하는데, 최근에는 NU PASTA 대표라는 직함 외에 '직장인 책 작가'라는 타이틀을 강조해 달라고 부탁한다.

작가라는 직업은 여행 작가, 예술 작가, 심리 작가 등 여러 종류로 나눌 수 있다. 나는 직업과 직장 생활에 관한 글을 많이 쓰기 때문에 작가 앞에 '직장인 책'이라는 키워드를 붙였다. 그래야 독자들이 내가 어떤 분야의 책을 쓰는지 확실히 알 수 있기 때문이다.

지난 30년 동안의 직장 생활을 돌아보면, 아무 경험도 없고 돈도 없던 사회 초년생 시절부터 끊임없이 앞길을 탐색하고 여러 관문을 지나 지금 이 자리에까지 왔다. 늘 순탄한 길은 아니었지만 올바른 가치관과 소중한 사람들의 도움으로 내 커리어는 계속 발전할 수 있었다.

내가 많은 사람의 도움을 받아 이 자리에 온 만큼 이제는 나도 최선을 다해 사회에 환원하려고 한다. 그래서 학교나 기관, 어디에서든 직장 생활에 관한 강의를 해 달라는 요청이 들어오면 시간이 허락하는 한 되도록 참석하려고 노력한다. 나는 젊은 친구들에게 직장은 전쟁터가 아니라 즐거운 놀이터가 될 수 있다는 사실을 꼭 알려 주고 싶다.

청즈는 모 기업의 인사팀 팀장으로 일하는 친구다. 얼마 전 청즈의 회사에서 타이베이에 대규모 직업 박람회를 개최한 적이 있는데, 다양한 산업 분야의 전문가가 참석하는 성대한 행사였다. 나는 이 박람회에 강연자로 초청을 받았다.

강연 일정은 오전 10시부터 20분간으로 예정되어 있었다. 강연 시간이 이렇게 짧은 이유는 그날 오후에 타이난에서 다른 일정이 있었기 때문이다. 나는 열차 시간표와 도착 예정 시간을 확인한 뒤, 청즈에게 일정이 빠듯하기는 하지만 짧게라도 강연을 하겠다고 말했다.

사실 시간만 놓고 보면 아침에 타이난에서 타이베이로 갔다가 다시 타이난으로 돌아오려면 장장 네 시간이 소요된다. 강연 시간의 열두 배나 되는 시간이다. 합리적인 계산을 하는 사람이라면 당연히 거절해야 맞는 것이었다. 하지만 나는 그렇게 생각하지 않았다. 그 이유로 첫째, 이 강연은 친한 친구의 요청이었다. 둘째, 누군가에게 도움이 되는 일이라면 마땅히 해야 할 일이었다.

20분 안에 중요한 내용을 모두 전달하려면 사전에 철저한 준비가 필요했다. 나는 강연을 할 때 반드시 지키는 원칙이 한 가지 있는데, 그건 바로 '강연 시간을 절대 초과하지 않는다'는 것이다. 알고 있는 것을 최대한 많이 청중에게 알려 주고 싶지만, 청중 중 누군가는 끝나자마자 급히 기차를 타러 가야 할 수도 있고, 곧바로 다음 일정이 있는 사람도 있을 것이다. 내 욕심에 누군가의 마음을 초조하게 만들고 싶지는 않기 때문에 강연 시간은 반드시 지키려고 한다.

나는 그날 20분의 짧은 강연을 마치고 곧장 타이베이 기차역으로 가서 타이난으로 향하는 기차에 올라탔다. 그런데 생각지도 못한 일이 정말 의외의 장소에서 일어났다. 10년 동안 만나지 못한 우형을 만난 것이다! 그것도 같은 열차 칸, 같은 열에서 말이다. 강연을 하러 가지 않았다면 이런 우연한 만남도 없었을 것이다.

우형과는 15년 전 처음 알게 되었다. 그해 나는 푸광산 난타이 별원에서 강사들을 차로 모셔다드리는 자원봉사를 했는데, 이때 우형을 처음 만나게 되었다. 그 후로 우형이 한 번 더 강연을 오게 되면서 차로 모셔다드리게 되었고, 두 번째 만남에서 우리는 한층 더 친해지게 되었다.

기차에서 우형을 먼저 알아본 건 나였다. 옆자리에 다른 승객이 앉아 있어서 나는 그 승객이 내릴 때까지 기다렸다가 우형 쪽으로 다가갔다. 너무 오랜만에 만나는 것인 데다가 옆모습만 보고 사람을 착각했을까 봐 떨리는 마음으로 조심스럽게 인사를 건넸다.

"자더, 당신이 왜 여기 있어요?"

우형은 나를 보자마자 내 이름을 부르며 인사를 했다. 솔직히 십 년 만에 만나는 거라 어쩌면 내 이름을 기억하지 못할 수도 있다고 생각했는데, 정확히 기억하고 계셔서 감동을 받았다. 우형도 자신이 나를 한눈에 알아보고 이름도 정확히 기억하고 있다는 사실에 스스로 놀랐다고 했다. 강연을 다니다 보면 만나는 사람이 워낙 많기 때문에 모든 사람을 일일이 기억하지 못하는데 내 이름은 얼굴을 보자마자 기억이 나는 걸 보니 굉장히 인상 깊었던 것 같다고 덧붙였다.

우형은 타이난 정다 서점에 강연을 하러 가는 길이었다. 보통은 강연 요청이 들어오면 주최 측에서 특실 좌석을 제공해 주는 것이 일반적인데, 요즘 오프라인 서점 사정이 예전 같지 않아 강연 예산도 빠듯한 형편이다. 그래서 일반 좌석을 끊어 줬다고 했다. 우형은 만약 그날 특실 좌석에 앉았더라면 나를 만나지 못했을 거라며, 이 우연이 더욱 묘하게 느껴진다고 했다.

나는 왕복 네 시간을 이동하면서까지 젊은 친구들에게 직장 생활에 관한 강연을 하러 다녀왔고, 우형은 서점의 예산에 맞춰 좋은 마음으로 강연을 하러 갔다. 생각해 보면 우리의 만남은 모두 '이타심' 덕분에 이루어진 것이었다. 이타심은 행운을 불러오고, 베푸는 마음은 행복한 인생으로 이어진다.

깜짝 생일 선물

식당에서 일하는 건 굉장히 지루하고
재미없을 수도 있지만, 어떤 태도로 일하느냐에 따라
재밌고 신나는 일이 될 수도 있다.

여덟 시면 문을 닫는 식당에 마감 5분 전에 식사를 하러 들어갔다. 결과는 어떻게 되었을까? 이런 경우 대략 세 가지 상황이 벌어질 수 있다.

첫째, "오늘은 마감했으니 다음에 조금 더 일찍 오세요!"

둘째, "지금은 포장 주문만 가능합니다!"

셋째, "어서 오세요! 저희도 매장 정리하려면 한참 걸리니 천천히 드세요."

식당에는 종업원 세 명이 매장을 정리하고 있었다. 다행히 그들은 마감 직전에 나타난 불청객을 거부하지 않았다. 그렇게 혼자 식사를 하고 있는데 옆에서 대화 소리가 들려왔다.

매장을 정리하던 종업원 두 명의 목소리였는데, 한 명은 50대로 보이는 중년 남성이었고, 다른 한 명은 20대 대학생으로 보이는 젊은 여성이었다.

"다음 달에 제 생일인데, 커피 한 잔만 사 주실래요?"

"뭐? 지난번에 사 줬잖아."

"지난번은 지난번이고요. 이번에는 제 생일이라니까요?"

"그런 게 어디 있어! 마시고 싶으면 네가 사 먹어."

"일 년에 한 번뿐인 생일인데, 정말 그러실 거예요?"

"이번 달에 더 열심히 일하면 생각해 볼게."

"에이, 그러지 말고 사 주세요…!"

두 사람은 오늘의 마지막 손님이 듣고 있는 줄도 모르고 티격태격 재미있는 대화를 나눴다. 식당에서 일하는 건 굉장히 지루하고 재미없을 수도 있지만, 어떤 태도로 일하느냐에 따라 재밌고 신나는 일이 될 수도 있다.

동료는 내부 고객이다. 함께 일하는 동료와 좋은 관계를 유지하고 서로 기꺼이 도움을 주고받으면, 강한 협동 정신을 발휘할 수 있고 일하는 분위기도 훨씬 좋아진다. 소비자는 외부 고객이다. 손님을 존중하고 최상의 서비스를 제공하면 좋은 친구가 될 수 있고 인맥을 넓히는 데 큰 도움이 된다.

식사를 마치고 계산을 하면서 조금 전 대화를 나누던 젊은 점원에게 다음에 자이에 오게 되면 커피를 사 주겠다고 말했다. 점원은 깜짝 놀라 눈을 동그랗게 뜨고 말했다.

“어머, 아니에요. 그냥 농담으로 한 이야기였어요. 정말 괜찮습니다. 저희가 너무 시끄럽게 했나 봐요. 죄송합니다.”

나는 늦은 시간에 식사를 할 수 있게 해 줘서 정말 고맙다는 인사를 전하며, 다가올 생일을 진심으로 축하한다고 말했다. 함께 대화를 나누던 중년 남성이 옆에서 말했다.

“어서 이분께 감사하다고 해. 나 대신 네 소원을 들어주신다잖니!”

점원은 중년 남성에게 눈을 흘기고 서로 장난스러운 웃음을 주고받았다.

사실 다음 달에 자이에 일을 하러 오지 않는 한, 이곳에 오려고 따로 시간을 내기는 힘들 것 같았다. 나는 점원에게 커피를 사 주겠다고 한 말이 마음에 걸렸다. 그래서 다음 날 저녁, 일을 마치고 음료 쿠폰을 하나 구매했다. 그리고 저녁 식사도 할 겸 그 식당에 찾아갔다. 그런데 하필 그날 그 점원은 휴무였고, 함께 있던 중년 남성만 일하고 있었다. 나는 그에게 쿠폰을 주며 그 점원에게 대신 전달해 달라고 부탁했다.

나는 이렇게 특별한 일상을 좋아한다. 그 점원이 내일 아침에 출근해서 쿠폰을 받고 기뻐할 모습을 생각하니 행복했다. 그녀가 이번에도 중년 남성에게 눈을 흘길까? 안 봐도 두 사람의 모습이 그려진다.

잘 팔리는 책의 비밀

전문성에 꾸준함이 더해지면 사람들은
반드시 당신의 가치를 알아본다.

매일 같이 작가들의 새 책이 출간되지만, 내가 기꺼이 추천사를 써 주는 사람은 단 한 사람이다. 누군가 나를 진심으로 대하면, 나도 그 사람을 진심으로 대하고, 둘 사이에는 긍정적인 에너지가 넘친다. 하늘은 스스로 돕는 자를 돕는다는 말과도 일맥상통한다. 이 책의 작가 '우자더'를 한마디로 표현하자면 '열정적이고 긍정적인 에너지를 가진 작가'다. 그는 작가이면서 뛰어난 영업 사원이고, 영업 사원이면서 훌륭한 작가다.

이 글은 오페이 선생이 써 준 글이다. 그는 컴퓨터 전문가이자 유명 블로거이다. 그는 2015년 6월부터 지금까지 '오페이 선생'이라는 제목의 블로그를 운영 중인데, 누적 방문자가 1억 명이 넘고, 7년 연속 100대 블로그에 선정되었다.

우리는 어떻게 알게 되었을까? 때는 2017년 3월의 어느 날이었다. 오페이 선생이 차를 고치러 정비소에 갔는데, 정비소 대기실 책꽂이에서 우연히 2017년 1월에 출간된 내 책을 발견하고 읽기 시작했다. 그는 책을 다 읽고 자신의 인기 블로그에 리뷰를 올렸고, 정말 우연한 기회에 내가 그의 글을 읽게 되었다.

책을 한 권 출간한다는 것은 절대 쉬운 일이 아니다. 게다가 그 책이 잘 팔리도록 하는 건 더더욱 어려운 일이다. 책이 잘 팔리게 하려면 강연도 하고, 광고도 하고, 심지어 기관이나 기업에서 대량 구매도 어느 정도 해 주어야 한다. 나는 가끔 인터넷으로 내 책 제목을 검색해 어떤 사람이 내 책을 읽고 후기를 남겨 주는지 찾아보곤 한다.

내 책을 지지해 주고 후기를 남겨 주는 사람을 발견하면 메시지를 보내거나 댓글을 남기기도 하는데, 그럴 때 대부분 깜짝 놀라곤 한다. 한 사람의 힘은 미미하지만, 여러 사람이 힘을 보태면 굉장한 영향력을 발휘할 수 있다.

오페이 선생 역시 이런 계기로 처음 연락이 닿았다. 그는 블로그에 내 책을 소개하며 장문의 글을 올렸다.

이 책은 지루한 이론서가 아닙니다. 누구나 읽을 수 있는 쉽고 재미있는 책이죠. 만약 인생의 여러 가지 난관과 위기를 극복하지 못한 채 매일 자신을 한계까지 몰아붙이며 버티고 있는 사람이라면 이 책을 읽어 보세요. 어느새 위기를 극복하고 당당히 서 있는 자신을 발견하게 될 겁니다. 그건 당신이 갑자기 똑똑해져서가 아닙니다. 이 책에 위기를 극복할 수 있는 아주 쉽고 유용한 방법들이 나와 있기 때문이죠. 이 방법들은 당신의 인생을 변화시켜 줄 스위치 같은 것입니다.

글의 말미에서 오페이 선생은 처음으로 정비소 대기실에서 기다리는 시간이 하나도 지루하지 않았다고 덧붙였다. 내 책에 대한 최고의 칭찬이 아닐 수 없었다.

나는 곧바로 페이스북에서 오페이 선생의 계정을 찾아 메시지를 보냈다.

제 책을 재미있게 읽어 주셔서 감사드립니다. 공유해 주신 리뷰도 정말 감동적이었습니다. 감사의 뜻으로 제 친필 사인본을 보내 드리고 싶은데 괜찮을까요?

그리고 곧바로 그의 답장이 왔다.

하지만 작가이기 이전에 훌륭한 영업 사원으로서 책을 단 한 권만 보내는 일은 있을 수 없었다. 나는 첫 번째 책과 두 번째 책 두 권의 친필 사인본을 그에게 보내 주었고, 그는 깜짝 선물에 기뻐했다. 오페이 선생은 다시 한번 블로그에 내가 보내 준 두 권의 책에 관한 글을 올렸다.

내가 세 번째 책을 출간했을 때, 오페이 선생은 누구보다 먼저 책을 사서 읽고 블로그에 추천의 글을 올렸다. 정말 감사하게도 그는 이 글에서 앞서 출간된 두 권의 책도 다시 한 번 소개했다.

대부분의 자기계발서 내용이 비슷하다. 당신의 영혼을 위한 똑같은 닭고기수프를 제공할 뿐이다. 우리에게 필요한 건 저자의 '실전 경험'이다. 우자더 작가는 이 책에서 이론이 아닌 실전 경험을 들려준다. 모두 자신이 직장 생활을 하면서 실제로 겪은 일이다. 내가 정말로 원했던 책이다.

그 후로 2년이 흘러 새 책이 출간되었을 때도 오페이 선생은 가장 먼저 책을 사서 읽고 블로그에 추천의 글을 올렸다.

우자더 작가는 책에서 이야기하는 것과 정말 똑같은 사람이다. 그는 누구보다 열정적이고 적극적인 사람이다. 그의 열정에 보답하기 위해 나는 새로운 책이 출간되면 누구보다 빨리 책을 사서 읽고 추천의 글을 쓴다. 사실 이제는 그가 어떤 내용을 글을 써도 상관없다. 내가 여러분들에게 추천하는 건 '우자더'라는 사람 그 자체다.

그러면서 그는 이번에도 그동안 내가 쓴 책을 모두 언급해 줬다. 글을 쓰는 작가로서 이보다 더 감동적인 리뷰가 있을까?

나는 그동안 오페이 선생에게 몇 번이나 책을 선물할 기회를 놓쳤다. 그래서 다섯 번째 책을 출간할 때는 미리 주소를 확인해 놓고 책이 인쇄되어 나오자마자 따끈따끈한 새 책을 그에게 보냈다.

물론 이번에도 그는 블로그에 추천의 글을 썼다.

> 우자더 작가의 다섯 번째 책이 출간되었다. 이번에 우 작가는 출간 전에 내게 연락해 주소를 확인한 후 책이 출간되자마자 친필 사인본을 보내 줬다. 책을 받고 그의 열정과 세심한 배려를 느낄 수 있었다. 그는 나눔의 진정한 기쁨을 아는 사람이다.

오페이 선생은 조회 수 1억이 넘는 자신의 블로그에 내가 출간한 모든 책을 소개했다. 덕분에 내 책을 정말 많은 사람이 알게 되었고, 그가 꾸준히 글을 올려 준 덕분에 내 책들은 스테디셀러 반열에 오를 수 있었다.

이 글을 쓰고 있는 지금까지도 오페이 선생과는 한 번도 만난 적이 없다. 그럼에도 그는 내가 계속 책을 출간할 수 있게 해 준 은인이다.

오페이 선생이 운영하는 블로그가 인기가 많은 이유는 따로 있다. 그가 한번은 이렇게 말한 적이 있다. 오늘날 매체는 넘쳐나지만, 조회 수를 확보하려면 대부분 불필요한 광고를 감수해야 한다고. 그에 비해 블로그는 여전히 자유로운 독립

매체이고, 자신의 의견을 자유롭게 공유할 수 있고, 실용적인 정보가 많은 공간이다. 무엇보다 그의 블로그를 성공으로 이끈 동력은 바로 꾸준함이다. 전문성에 꾸준함이 더해지면 사람들은 반드시 가치를 알아본다. 오페이 선생이 바로 그런 사람이었다.

고구마보다 달콤한

그녀가 보낸 메시지에서 고구마보다
더 달콤한 정이 느껴졌다.

선생님, 안녕하세요. 이번에 장쥔 도서관에서 선생님의 강연을 듣고 정말 많은 것을 배울 수 있었습니다. 앞으로 궁금한 점이 있으면 또 문의드리려고 페이스북 친구 신청을 했습니다. 정말 감사드립니다.

2017년, 강연이 끝나고 샤오팅이 내게 보낸 메시지다.

나는 2016년 여름부터 벽지 도서관을 찾아다니며 강연을 하기 시작했다. 그중 타이난 장쥔 도서관은 운 좋게도 세 번이나 방문한 곳이었는데, 강연 참석자는 매년 큰 폭으로 늘어났다. 페이스북에서 현장 사진을 본 친구들이 깜짝 놀랄 정도였다.

시간이 흘러 2024년의 어느 이른 새벽, 샤오팅으로부터 메시지가 도착했다.

> 선생님, 안녕하세요. 가족 문제로 밤새 고민하다가 이렇게 선생님께 메시지를 보내게 되었습니다. 저희 가족은 타이난에서 고구마 농사를 짓는데, 올해 고구마가 잘 팔리지 않을까 봐 삼촌이 걱정을 많이 하고 있습니다. 그래서 선생님께 도움을 요청드리려고 합니다. 제 계획은 선생님께서 능력 있으신 분들을 소개해 주시면 그분들이 저희 고구마를 사 주시고 이를 정더正德재단에서 운영하는 사랑의 주방에 보내 형편이 어려운 사람들이 함께 맛볼 수 있게 하는 것입니다. 이렇게 하면 저희 가족도 돕고, 사회에 좋은 일도 할 수 있을 것 같습니다. 선생님의 생각은 어떠십니까? 만약 선생님께서 저를 믿어 주신다면 저희 고구마밭에 직접 초대해 보여 드리고 싶습니다. 이른 시각에 제 메시지를 읽어 주셔서 감사합니다. 혹시나 제가 결례를 했다면 용서해 주세요. 감사합니다.

메시지가 온 시각은 새벽 세 시였다. 샤오팅이 얼마나 깊이 고민하고 있는지 알 수 있었다.

나는 아침 일찍 샤오팅에게 메시지를 보내 조만간 시간이 될 때 전화로 조금 더 자세한 상황을 설명해 달라고 부탁했다. 샤오팅과는 지난 7년 동안 한 번도 교류가 없었지만 페이스북 페이지를 통해 종종 그녀의 일상을 확인할 수 있었다.

그날 오후 샤오팅과 전화 연결이 되었고, 그녀는 내게 도움을 요청한 사정을 자세히 설명했다. 그 이후 나는 페이스북에 다음과 같은 글을 올렸다.

> 대통령 선거가 있던 그날, 투표가 끝나자마자 저는 차를 타고 타이난의 한 농가를 방문했습니다. 그곳은 제 친구 삼촌의 농가이고, 벌써 50년 넘게 농사를 짓고 있는 곳이라고 합니다. 친구의 삼촌은 매년 이곳에 고구마를 심는데, 올해는 거래하던 도매상에서 터무니없이 낮은 가격을 제시하는 바람에 제게 도움을 요청했습니다. 이 고구마가 제 가격에 팔려 좋은 일에 쓸 수 있게 도와달라고 말이죠. 이번에 수확한 고구마가 대략 2,000킬로그램 정도이고, 한 상자에 20킬로그램씩 총 100박스 정도가 있습니다.
>
> 현재 시장에 나와 있는 소매 가격보다 훨씬 저렴한 도매 가격으로 고구마를 판매하신다고 합니다. 이렇게 해서 100박스를 모

두 팔면 총 400만 원이 됩니다. 5개월을 뙤약볕에서 힘들게 농사지어 얻는 수익 치고는 결코 큰 금액이 아닐 것입니다.

제 계획은 이렇습니다. 한 사람당 10만 원씩 총 45명이 450만 원을 모아서, 그중 400만 원은 친구 삼촌께 드리고 나머지 50만 원은 포장과 배송 비용으로 사용하는 것입니다. 이 고구마는 정더재단에서 운영하는 전국 사랑의 주방 총 24곳에 보내져 소중한 식재료로 사용될 예정이며, 만들어진 음식은 저소득층 아이들, 독거노인, 노숙자 등 도움이 필요한 분들께 제공됩니다.

글을 올린 지 얼마 지나지 않아 사람들이 조금씩 호응해 주기 시작했다. 그리고 하루가 채 지나기도 전에 목표한 450만 원을 모두 모을 수 있었다. 샤오팅은 이 소식을 듣고 연신 감사하다고 인사했다. 사실 정말로 감사를 받아야 할 사람은 적극적으로 동참해 준 페이스북 친구들이다. 나는 그들과 샤오팅 사이에서 다리 역할을 했을 뿐이다.

모금액이 많지는 않았지만, 샤오팅과 그녀의 가족에게는 소중한 돈이었다. 선행을 베푸는 데 액수는 중요하지 않다. 물론 얼마나 친분이 있는지도 중요한 요소가 아니다.

그로부터 열 달 후, 샤오팅이 보낸 소포가 도착했다. 상자를 열어 보니 백일 떡이 들어 있었다. 샤오팅은 지난번에 도움을 주셔서 정말 감사하다는 인사와 함께 얼마 전에 아들을 출산했다는 기쁜 소식을 전해 왔다. 이제 막 백일이 지나 백일 떡을 함께 나누고 싶다고 보낸 소포였다. 그녀가 보낸 메시지에서 고구마보다 더 달콤한 정이 느껴졌다.

꺼지지 않는 빛

'아스라이'는 아득히 멀고 희미하다는 뜻으로,
외로움과 슬픔의 의미를 담고 있는 단어다.
하지만 아첸의 인생은 결코 아득히 멀고 희미하지 않다.

"교통사고가 난 이후로 제게는 한 가지 꿈이 생겼습니다. 다시 건강해져서 엄마 손을 잡고 나들이를 가는 것이죠. 하지만 이 꿈은 이제 이룰 수 없게 되었습니다."

아첸은 스물여덟 살에 교통사고로 척추를 다쳐 전신 마비가 왔고, 평생을 침대에 누워 지내야 했다.

나는 아주 특별한 계기로 아첸을 알게 되었다. 어느 날 페이스북으로 메시지가 왔는데, 보낸 이는 대학에서 학생들을 가르치고 있는 샤오윈이라는 선생님이었다. 그는 먼저 내 책이 학교에서 학생들을 가르치는 데 정말 많은 도움이 되고 있다고 감사하다는 말을 전했다. 그런 다음 곧바로 아첸의 이야기를 시작했다. 아첸은 교통사고로 전신이 마비되었지만, 본업은 작곡가라고 했다. 아첸과 허우밍이라는 예술가 친구가 이번에 음악과 예술을 결합한 '아스라이'라는 전시회를 개최한다면서 내게 전시회에 한번 와 달라고 부탁했다. 샤오윈은 아첸과 허우밍을 꼭 소개해 주고 싶다고 했다. 메시지에는 아첸, 허우밍 두 사람의 페이스북 링크도 함께 첨부되어 있었다. 나는 얼른 세 사람의 페이스북 페이지를 한번 둘러보고 샤오윈에게 전시회를 꼭 보러 가겠다고, 일정을 확인하고 다시 알려 주겠다고 답장을 보냈다. 당시 이런저런 일로 일정이 꽉 차 있었지만, 이 전시회는 꼭 가 봐야겠다는 직감이 들었다. 바로 샤오윈과 전화 통화를 했고, 일주일 후 이른 저녁 시간에 전시회장에서 만나기로 약속했다.

그렇게 해서 2024년 늦은 봄, 아첸을 처음 만나게 되었다. 우리는 아첸의 설명을 들으며 전시회를 둘러봤고, 그의 인생 이야기도 들을 수 있었다. 아첸은 어려서부터 악기를 좋아했고, 대학 시절 전국 음악 경연 대회에 나가 대상을 거머쥐었다. 또 운동을 좋아해서 자투리 시간에 헬스클럽에서 트레이너로 일하기도 했다. 그런데 음반 출시를 앞두고 이제 진정한 음악가로서 새로운 인생을 준비하던 어느 날, 그는 갑작스러운 교통사고로 한 순간에 전신 마비 환자가 되었다.

아첸은 생사의 기로에서 다시 살아난 이후 수년간 깊은 우울증에 빠져 있었다. 하지만 결국 그는 자신이 처한 상황을 받아들이고, 의미 있는 인생을 살기로 결심했다. 자신에게 닥친 끔찍한 시련도 사실은 어떤 의미가 있을 거라면서 말이다.

그는 다시 음악 작업에 착수했다. 입으로 마우스를 움직일 수 있는 소프트웨어로 작곡을 했고, 그렇게 만들어진 음악은 그의 새로운 앨범에 수록되었다.

교통사고가 난 지 10년, 그는 자신과 세 가지 약속을 했다.

첫째, 좌절하지 말고 매일 조금씩 나아가자.

둘째, 현실을 받아들이고, 더 나은 삶을 살 수 있다고 믿자.

셋째, 나에게 주어진 음악적 재능에 감사하고 창작을 계속 이어 가자.

작곡을 다시 시작한 뒤 아첸의 인생은 다시 빛나기 시작했다. 그는 어머니를 비롯한 가족들의 보살핌에 진심으로 감사해한다. 그리고 자신이 혼자서 할 수 있는 일은 다른 사람에게 부탁하지 않고 스스로 하려고 노력했다.

아첸은 원래 새로운 친구 사귀기를 정말 좋아했다. 그래서 자신의 영어 이름을 넣은 'Jeremy and Friends'라는 개인 브랜드를 만들고, 브랜드명의 이니셜을 따 티셔츠, 모자, 가방 등의 소품을 제작했다. 그는 누군가 'JNF'가 인쇄된 티셔츠나 모자를 쓰고 있는 걸 보면 정말 기분이 좋다고 말했다.

아첸은 2021년부터 매년 자신이 창작한 음악으로 콘서트를 열었고, 여러 친구의 도움을 받아 자신의 음악을 대중에게 들려주고 있다. 나는 전시회 폐막식에서 아첸의 음악을 직접 들을 기회가 있었다. 차분하고 부드러웠으며 동시에 삶에 대한 밝은 희망이 느껴졌다.

2024년 말, 아첸이 매년 콘서트를 개최한 지도 4년이 지났다. 올해는 마침 그가 마흔 살이 된 해여서 콘서트 제목을 '40, 바로 지금'으로 지었다.

그동안 그는 평소 아끼고 모은 돈과, 학교 등에서 강연을 하고 얻은 수익으로 앨범 제작에 필요한 비용을 지불했다. 나는 이야기를 듣고 그의 경제적 부담을 줄여 주기 위해 이번 콘서트 개최를 도와주기로 했다. 그는 내가 함께 도와주겠다는 말에 정말 행복하다고 말했다. 그는 금전적인 도움보다 누군가의 마음을 더 소중하게 여기는 사람이다.

콘서트를 개최하기 위해서는 많은 사람의 도움이 필요했

다. 완샤 예술센터에서는 콘서트장과 필요한 장비를 모두 무상으로 제공해 줬고, '사랑의 샤오페이라이'라는 이름의 자선 단체에서도 그의 콘서트를 적극 지원했다.

아첸은 자신이 온전한 사회의 일원으로 인정받기를 원했고, 사람들이 그의 음악을 좋아해 주는 것으로 큰 만족감을 느꼈다.

나는 아첸의 이야기를 소셜 미디어에 올렸고, 즉각 많은 사람의 관심을 받았다. 그리고 200여 명으로부터 콘서트 개최를 돕기 위한 후원을 받을 수 있었다.

만약 내가 아첸의 전시회에 가지 않았다면, 그를 만날 기회가 없었을 테고, 만약 아첸의 인생을 알지 못했다면 이렇게 그를 도울 기회도 없었을 것이다. 이 모든 '만약'은 마음속의 '선량함'에서 출발해 여러 사람을 통해 새콤달콤하게 무르익고, 아름다운 '결실'을 맺는다.

'아스라이'는 아득히 멀고 희미하다는 뜻으로, 외로움과 슬픔의 의미를 담고 있는 단어다. 하지만 아첸의 인생은 결코 아득히 멀고 희미하지 않다. 그의 인생은 밝게 빛나고 사랑이 넘친다.

늦은 감사 인사

감사한 누군가 있다면 나처럼
너무 오래 미루지는 않기를 바란다.
하루빨리 그 인사를 전하라.

"리룽, 혹시 차오차오룽 원장님 알아?"

"당연히 알지. 우리 병원 창립하신 분인데 내가 모를 리가 있나?"

"아니 그러니까 내 말은… 그분과 가까워? 내가 한 번 뵙고 싶어서 말이야."

"내가 그분 비서에게 연락해서 전해 줄게. 연락 오면 약속을 잡아 봐."

"아, 정말 고마워. 그럼 부탁할게!"

얼마 전 지메이병원에 근무하는 리룽과 나눈 대화다.

차오 원장님을 만나고 싶은 이유는 그분께 직접 감사 인사를 전하고 싶어서였다. 사실 이번 감사 인사는 굉장히 조심스럽고 무거운 것이었다. 그를 직접 만나는 것은 나의 염원이었을 뿐만 아니라, 어머니의 뜻이기도 했기 때문이다.

1998년, 어머니께서 갑작스러운 병으로 쓰러지셨고, 그때 어머니를 맡아 돌봐 주신 분이 차오차오룽 선생님이었다. 그해 나는 어머니를 모시고 창다 병원을 수없이 오갔다. 늘 이해하기 어려웠던 건, 진료 예약은 분명 오후였는데 실제로 진료를 받는 시간은 언제나 늦은 저녁이 되어서였다는 점이었다. 퇴근 시간조차 없이 밤늦게까지 환자를 보는 선생님의 모습은 내게 의문으로 남아 있었다.

어머니와 몇 번 진료를 다니다 보니 선생님은 환자들의 병을 세심하게 살펴봐 주실 뿐만 아니라 그들에게 진정한 친구가 되어 주는 분이었다. 선생님은 환자들의 마음을 안심시키고 치유하는 데도 많은 정성을 기울이셨다.

1년 정도 치료를 받았지만 어머니는 결국 세상을 떠나셨다. 나는 차오차오룽 선생님이 환자를 대하는 진심 어린 자세와 그분이 우리 어머니를 위해 애써 주신 모든 일을 잊을 수 없다.

시간이 흘러 어느 날 한 매체를 통해 차오차오룽 선생님이 청다병원을 떠나 류잉 지메이병원의 초대 원장이 되었다는 소식을 듣게 되었다. 류잉 지역은 타이난에서도 벽지에 해당하는 지역이라 나는 이 소식이 누구보다 반가웠다. 이렇게 큰 병원이 들어섰으니 많은 환자가 힘들게 도심으로 진료를 받으러 나갈 번거로움이 줄어들 테니 말이다.

2018년 가을, 책 출간 기념으로 지메이병원의 초청을 받아 강연을 하게 되었다. 그 소식을 들은 순간, 차오차오룽 원장님을 찾아뵙고 감사 인사를 드려야겠다는 생각이 문득 떠올랐다. 하지만 나는 끝내 선생님께 인사도 못 드렸고, 그 생각은 마음 한편을 스치기만 한 채 그렇게 흘러가 버렸다.

하지만 다행히 하늘은 내게 다시 한 번의 기회를 줬다. 2024년 가을, 지메이병원에서 일하는 리룽에게 직원들의 내부 교육 강연자로 참석해 줄 수 있느냐는 연락을 받았다. 나는 기쁜 마음으로 요청에 응했다.

그로부터 두 달 후, 지메이병원에 방문해 리룽이 요청한 강연을 순조롭게 마쳤다. 강연을 마치고 내 머릿속에 이런 생각이 스쳤다.

'기왕 지메이병원까지 왔으니 이번에 리룽의 도움을 받아 차오 원장님을 만나러 가 볼까?'

나는 이후 리룽의 도움으로 차오 원장님과 약속을 잡을 수 있었다.

차오 원장님을 찾아뵙기로 한 날이 되었다. 나는 혹시나 차가 막혀 약속 시간에 늦을까 봐 일찌감치 집을 나섰다. 마음이 긴장되면서도 조금 떨렸다. 단순한 감사 인사가 아니라 돌아가신 어머니를 대신해 원장님께 감사 인사를 전하러 가는 길이었기 때문이다.

나는 내 책 중 한 권을 골라 직접 서명해 원장님께 선물로 드렸다. 그리고 어머니를 대신해 감사 인사를 드렸다. 차오 원장님도 자신의 저서를 내게 선물로 주셨다. 한 시간 정도 대화를 나누면서 원장님께 이런저런 질문을 했다. 왜 의사가 되기로 결심하셨는지, 일본에서 의학 박사 학위를 받으셨는데 유학 시절은 어땠는지 등등 예전부터 궁금했던 점을 직접 여쭤봤다. 그러자 차오 원장님은 내 질문에 기꺼이 답을 해 주셨다.

"의사가 되는 건 내 오랜 꿈이었습니다. '초심을 잃지 않고, 생명을 살리자'는 사명으로 내가 할 수 있는 최선을 다하고 있습니다."

차오 원장님은 환자를 가족으로 생각하는 참의사다. 그날 그의 말씀은 오랫동안 내 마음을 울렸다.

혹시 감사 인사를 전하고 싶은데, 계속 미루고만 있는가? 나는 어머니가 돌아가시고 20년이나 지나서야 차오 원장님께 제대로 감사 인사를 드렸다. 감사한 누군가가 있다면 나처럼 너무 오래 미루지는 않기를 바란다. 하루빨리 그 인사를 전하라. 평생 잊을 수 없는 기억이 될 것이다.

우리는 인생을 살면서 이 여정 속에서 타인에게
어떤 영향력을 미치고 가치를 창조했는지 알고 싶어 한다.
'이타심'은 삶을 풍요롭게 만드는 선택이다.
우리가 세상에 선한 영향력을 주기 시작할 때,
진정한 의미의 인생을 살게 된다.

Part 4

인생의 궁극적인 목적

서비스 정신이란 무엇인가

진정한 서비스 정신의 핵심은
'진심'과 '정성'에 있다.

사람은 누구나 좋은 서비스를 받고 싶어 한다. 하지만 서비스를 제공하는 사람의 소양은 천차만별이고, 누군가를 완벽히 만족시킨다는 것은 정말 어려운 일이다.

언뜻 보기에 서비스는 굉장히 단순하고 평범한 일처럼 보이지만, 사실은 굉장히 심도 있는 연구와 분석이 필요하다. '어떻게 하면 좋은 서비스를 제공할 수 있을까?'라는 고민이 끊임없이 논의되고 있는 것도 바로 이러한 이유에서다.

서비스가 기대에 부합하면 아무 문제 없이 평화롭다. 그러나 기대에 미치지 못하면 돈은 제 가치를 발휘하지 못하고 불만과 원망이 쌓이게 된다. 서비스가 기대한 것보다 훨씬 더 만족스럽다면? 당장 별 다섯 개짜리 리뷰를 남기고, 내가 아는 모든 사람에게 알릴 것이다. 우리가 일상생활에서 소비 활동을 하면서 경험하는 서비스 결과는 이렇게 세 가지 경우로 나뉠 수 있다. 일반적으로 기대를 만족한 경우가 80퍼센트, 기대를 초과 만족한 경우는 10퍼센트에 불과하다.

이 장에서는 '서비스 정신'이란 무엇인가에 대해 이야기해 보려고 한다.

때는 2024년 가을이었다. 나는 토목학과 교수 홍징, 페이퍼 커팅 아트를 하는 양스이와 함께 먼노병원의 요청을 받아 화롄에서 개최되는 한 강연에 참여하게 되었다. 강연을 준비하는데, 주최 측에서 연락이 와 내게 어떤 교통편으로 화롄에 오는지 조심스럽게 물었다. 나는 타이난에서 타이베이까지는 고속 열차로 이동한 다음 화롄까지는 일반 열차를 타겠다고 말했다. 그들은 강연 일자가 연휴 기간과 겹쳐 내가 표를 구하지 못할까 봐 걱정되었는지 대신 표를 예매해 보내 주었다. 표를 받고 보니 특실 열차표였다. 나는 그들의 세심한 배려에 감동할 수밖에 없었다.

화롄으로 이동하던 날, 열차에 오르니 한 남자 승무원이 밝은 미소로 반겨 주었다. 그는 마스크를 쓰고 있었지만 입이 아닌 눈에서 그의 미소를 볼 수 있었다. 특실이 일반실과 가장 크게 다른 점은 음료와 간식이 제공된다는 것이다. 열차가 출발하자 남자 승무원이 간식을 나눠 주기 시작했다. 나는 가장 끝에서 두 번째 열에 앉아 있었기 때문에 그가 서비스를 제공하는 모습을 자세히 관찰할 수 있었다.

내 차례가 되었을 때 그에게 말했다.

“정말 친절하시네요. 손님들에게 일일이 무엇을 먹을지 물어보려면 힘들지 않으세요?”

그가 곧바로 대답했다.

“전혀요! 제가 당연히 해야 할 일인걸요!”

그의 대답에서 그가 자기 일을 진심으로 좋아하고 있다는 것을 느낄 수 있었고, 진정한 서비스 정신이 무엇인지 알 수 있었다.

서비스 정신의 핵심은 다음과 같은 세 가지다.

첫째, 밝은 이미지와 정갈한 복장이다. 그 승무원의 유니폼은 다림질이 굉장히 반듯하게 잘 되어 있었고, 머리도 정갈하게 빗어 전반적으로 깔끔하고 단정한 이미지였다.

둘째, 말투와 소통 능력이다. 그 승무원은 서비스를 제공하는 내내 첫째 열부터 마지막 열까지 친절함을 잃지 않았다.

말투는 명확하고 자신감 있었고, 표정에서는 진지한 열정이 묻어났다.

셋째, 세심한 배려다. 그는 친절할 뿐만 아니라 손님 각자에게 맞는 맞춤형 서비스를 제공했다. 한 승객이 카페라테를 주문하자, 음료가 매우 달다며 괜찮은지 물었다. 그러자 그 승객은 물을 달라고 주문을 바꾸었다. 좋은 서비스와 일반 서비스의 차이는 이처럼 얼마나 세심하게 신경을 쓰느냐에 달렸다.

나는 그가 모든 서비스를 끝낼 때까지 기다렸다가 그에게 다가가 말을 걸었다. 나는 좋은 서비스를 경험하면 반드시 찾아가 칭찬과 감사 인사를 전한다. 그리고 그렇게 해서 인연이 무르익으면 좋은 친구가 되기도 한다. 나는 그 승무원에게 다시 한번 감사하다는 인사를 전하며 간단히 내 소개를 했다. 그리고 그에게 내가 진행하는 팟캐스트 제목 '안녕하세요, 우자더입니다' 스티커를 붙여 제작한 커피 드립백 세트를 하나 선물했다. 이에 그는 자신의 이야기도 들려줬다. 알고 보니 그는 5년 동안 비행기 승무원으로 일했고, 그 이후에 레스토랑에서 잠시 일하다가 열차 승무원이 되었다고 했다.

그가 아직 근무 중이었기에 더 이상 방해하고 싶지 않았다.

그래서 괜찮다면 페이스북 친구 추가를 해도 되겠냐고 조심스레 물었다. 그날 저녁, 그에게서 메시지가 왔다. 그는 칭찬에 대한 감사와 함께, 오늘 서비스를 제공할 수 있어 영광이었으며 다음에는 더 나은 서비스로 보답하겠다고 전했다.

나는 그를 통해 진정한 서비스 정신의 핵심은 '진심'과 '정성'에 있다는 것을 다시 한번 깨달았다.

긍정적인 에너지는 능력이다

우리는 타고나는 운명을 결정할 수 없지만
자신의 노력으로 자신만의
아름다운 배경을 그려 나갈 수 있다.

나는 조금이라도 시간이 날 때면 오랫동안 만나지 못한 친구들에게 전화를 건다. 이건 나의 오랜 습관이다. 통화 시간은 고작 몇 분이지만 요즘 어떻게 지내는지 안부를 묻고, 하는 일이 모두 잘 되기를 빌어 준다. 친구들도 내가 전화를 걸면 정말 반가워한다.

진정한 친구가 꼭 많을 필요는 없지만, 그런 친구가 많으면 물론 좋다. 인맥을 양으로 계산한다면, 인연은 질로 판단한다. 인맥이 인연으로 발전하려면 일단 많은 사람을 만나 보고 나와 생각이 잘 맞는 사람은 남기고, 맞지 않은 사람은 걸러 내는 일종의 데이터 처리 프로세스가 필요하다.

현재 지구상에는 약 82억 명의 인구가 존재하고, 그중 대만에는 2천만 명 정도의 사람이 살고 있다. 일 년 중 당신과 연락하고 만나는 친구가 몇 인가? 꾸준히 왕래하는 사람은? 곰곰이 생각해 보면 그리 많지 않을 것이다. 고등학교 동창이나 대학교 동창 중에 지금까지도 연락하고 지내거나 만나는 사람이 몇 명 정도인지 한번 헤아려 보라. 다섯 명 정도만 있어도 훌륭하고, 열 명 이상이라면 당신은 정말로 우정을 소중하게 생각하는 사람이다.

"평소에 좋은 인연을 많이 맺으면 업무에서도 좋은 인연을 만나게 되고, 평소 주변이 고요하다면 업무적으로도 탄식이 이어질 것이다."

이는 내가 영업 능력과 관련된 강의를 할 때 자주 하는 말이다. 이 개념은 인간관계에도 그대로 적용된다. 집에서는 부모님께 의지하지만, 사회에 나가 우리가 의지할 수 있는 사람들은 주변 친구들이다. 평소에 아무런 왕래도 없다가 도움이 필요할 때가 되어서야 급하게 도움을 요청하는 건, 내내 놀다가 시험 전날이 되어서야 밤을 새워 벼락치기 하는 것과 다르지 않다.

한번은 20년 정도 알고 지낸 동료에게 전화를 걸었다. 그녀는 자신이 꿈꾸던 은퇴 후의 삶을 살고 있었다. 대화를 나누던 중, 그녀는 나에게 내가 가진 긍정적인 에너지는 많은 사람을 돕는 일종의 능력이라고 말했다.

긍정적인 에너지를 발산하려면 꾸준한 노력과 단련이 필요하다. 몸과 입 그리고 의지가 한 방향으로 움직일 때 긍정적인 에너지는 가장 큰 효과를 발휘한다. 이 말인즉슨, 입은 긍정적인 이야기를 하고 있는데 마음속에 부정적인 기운이 가득 차 있으면 안 된다는 의미다.

긍정적인 에너지는 두 가지 신념에서 비롯된다. 하나는 '자비'고, 다른 하나는 '선량함'이다. 자비는 열린 마음으로 다른 사람들에게 선의를 베풀 줄 아는 마음이고, 선량함이란 사랑하고 배려하며 포용하는 마음이다. 이 두 가지를 모두 갖추면 긍정적인 에너지는 더욱 강해진다.

최근 들어 심리학이 주목받고 있는 이유는 사람과 사람 사이에 마찰과 충돌이 늘어나고 있기 때문이다. 이를 이해하고 지혜롭게 해결하는 데 가장 중요한 건 소통이다. 두 사람 사이의 물리적인 거리를 가깝게 유지하는 것도 오해를 풀고 갈등을 해소하는 데 도움이 된다.

인생은 언제나 완벽하지 않다. 우리는 이런 불완전함 속에서 옳은 길을 찾아가는 과정을 거치게 된다. 내가 하는 모든 결심, 모든 행동, 말 한마디 한마디가 긍정적인 방향으로 나아가야 인생도 긍정적인 방향으로 흘러간다.

주변 상황이 좋지 않거나 마음이 계속 안 좋은 방향으로 흘러갈 때면 내면의 대화를 통해 마음의 방향을 다시 조정해야 한다. 조용히 앉아 깊이 호흡하며 명상을 하다 보면 마음의 안정을 되찾고 생각의 전환을 이룰 수 있다.

종종 강연이 끝나고 청중들이 찾아와 이런 질문을 한다.

"우 선생님, 선생님께서는 좋은 일을 정말 많이 하시는데 그런 열정은 어디에서 오는 건가요?"

그럼 나는 이렇게 대답한다.

"저는 이미 충분히 행복하거든요. 그래서 제가 가진 걸 더 많은 사람과 나누고 싶은 것뿐입니다."

나의 가장 큰 장점은 '안분지족安分知足'◆이다. 나는 받기만 하는 것보다 베푸는 삶이 훨씬 더 의미 있다는 걸 잘 알고 있다. 복잡한 인간 세상에서 수많은 기쁨과 슬픔, 만남과 헤어

◆ 자신의 처지를 올바로 파악하고 분수에 맞게 살며, 넘치는 욕심을 버리고 현재에 만족할 줄 아는 삶의 자세를 말한다.

짐을 경험하며 사람들은 저마다의 가치관이 생긴다. 우리는 타고나는 운명을 결정할 수 없지만 자신의 노력으로 자신만의 아름다운 배경을 그려 나갈 수 있다. '이타심'을 삶의 중심에 놓으면 인생이 더욱 다채롭고 풍성해지며 마음이 충만해진다. 여기에 긍정적인 에너지를 더할 수 있다면 인생은 한층 더 밝게 빛날 것이다.

행복 연습

다른 사람을 위해 기도해 줄 수 있는 사람이야말로
세상에서 가장 행복한 사람이다.

나는 한 해의 가장 마지막 날이면 페이스북에 지난 일 년을 돌아보는 회고의 글을 쓴다. 이 글에는 그해에 가장 기념하고 싶은 열 가지 일을 적는데, 2024년에는 다음과 같은 열 가지를 적었다.

1. 회사 경영 성과가 최고 기록을 경신했다.
2. 여섯 번째 책을 탈고했고, 내년에 출간 예정이다.
3. 링지우산 스님께 경영학 수업을 해 드렸다.
4. 위엔즈대학교 개강 총회에서 강연을 했다.
5. 열세 번의 독립 서점 강연을 마쳤다.

6. 다섯 번의 자선 모금 활동을 벌여 1억 원에 가까운 금액을 모금했다.
7. 매달 50킬로미터를 달렸다.
8. 우리 단지 주민회장 자리에서 사임했다.
9. 하루도 빠짐없이 타임라인을 작성했다.
10. 평생 다른 사람을 도우며 살겠다고 맹세했다.

내가 적은 열 가지 일을 읽으면서 사람마다 주목하는 항목이 모두 달랐을 것이다. 저마다 나이, 역할, 환경이 다르고, 무엇보다 마음가짐과 태도가 다르기 때문이다.

열 가지 이야기 중 3번 항목에 대해 좀 더 자세히 이야기하려고 한다.

나는 고등학생 때부터 불교를 접하기 시작했다. 물론 처음에는 가족의 영향으로 신앙을 갖게 되었지만, 불교를 알아 가면서 광활한 우주에서 인간이 얼마나 한없이 작은 존재인지 깨닫게 되었고, 그 질서 앞에서 자연스러운 경외심을 품게 되었다.

나는 대학교에서 경영학을 전공했지만, 교양 과목은 대부분 종교와 관련된 강의를 선택했다. 강의를 들으면서 불교에 대한 기본 지식을 탄탄히 쌓을 수 있었고, 심지어 불교 동아리에도 가입해 경전을 읽고 여러 자원봉사에도 참여했다.

대학을 졸업하고 사회에 나가서도 직장 생활 중에 어려운 일이 생기면 절에 찾아가거나 스님을 만나 이야기를 나눴다. 이것은 내가 스트레스를 해소하는 방법이기도 했다. 인간에게는 번뇌와 고통이 있고, 일곱 가지 악과 여섯 가지 욕망이 존재한다. 스님은 '출가'의 방식으로 수행을 하는데, 나는 그분들이 늘 대단하다고 생각한다. 속세에 미련을 버리고 모든 뒤얽힌 관계와 감정을 끊어 낸다는 것은 대부분의 사람에게 결코 쉽지 않은 일이기 때문이다.

링지우산은 절의 홍보 매니저인 쑤위를 통해 처음 알게 되었다. 쑤위가 내 강연을 듣고 링지우산 주지 스님께 나를 소개해 줬고, 스님은 내게 청년 불자들에게 강연해 달라고 부탁하셨다. 강연을 하면서 링지우산 주지 스님과 자주 만나게 되었고, 점점 더 가까운 사이가 되었다. 내 강연을 들은 청년 불자들은 하나 같이 좋은 반응을 보였고, 나는 주지 스님의 인정을 받게 되었다. 스님은 내게 전국 각 시에 있는 링지우산 간부회 강연도 맡아 줄 수 있느냐고 부탁했고, 덕분에 전국 각지의 다양한 불자를 만날 수 있었다.

하루는 강연 중에 내가 책에서 봤던 이야기를 들려줬다.

> 한 아버지가 초등학교 1학년인 딸을 데리고 절을 찾아와 예불을 드렸다. 아이는 호기심 어린 표정으로 부처님이 누구냐고 물었다. 그러자 아버지는 '사람을 도와주는 신'이라고 대답했다. 그 이후 아버지와 딸은 두 손을 합장하고 부처님께 기도를 드렸다. 아버지는 절을 나서면서 부처님께 무슨 기도를 올렸냐고 물었다.

나는 여기에서 이야기를 끊고, 청중석에 어떤 대답이 나왔을지 맞혀 보도록 했다. '시험에서 100점 받게 해 주세요!' '가족 모두 건강하게 해 주세요!' '매일 소풍 가게 해 주세요!' 등등 사람들은 초등학교 1학년 아이가 했을 법한 기도 내용을 이야기했다. 합리적인 추측이었지만 내가 책에서 본 정답은 아니었다. 나는 청중들에게 아이의 기도 내용을 처음 들었을 때 온몸에 닭살이 돋을 정도로 매우 놀랐다고 말했다. 그러자 청중들은 또다시 여러 가지 추측을 내놓았다. 잠시 후, 나는 그 누구도 생각하지 못한 정답을 공개했다. 아이의 기도 내용은 다음과 같았다.

부처님께서 건강하게 해 주세요. 부처님이 건강하셔야 더 많은 사람을 도와주실 수 있으니까요.

내가 정답을 이야기하자 3초간 정적이 흘렀다. 사람들은 모두 여자아이의 지혜에 감탄을 금치 못한 표정이었다. 아마 어른 중에는 이런 기도를 하는 사람이 거의 없을 것이다. 어른들은 '아집'이 아주 강하기 때문이다. 어쨌든 이 이야기는 내게 몹시 큰 충격과 감동을 줬다. 그리고 다른 사람을 위해 기도해 줄 수 있는 사람이야말로 세상에서 가장 행복한 사람이라는 깨달음을 얻었다.

나이가 들면 열정과 따뜻함을 잃어버리고, 자신의 인생에만 집중하며, 남의 일을 도우려고 하지 않는 사람이 많다. 그래서 사회는 점점 더 냉혹해지고, 어른들의 세계는 빛을 잃어 간다.

나는 종교 단체 사람들을 위한 강연에 열정과 사명감을 느끼고 있다. 어느 종교든 신앙을 가진 사람은 기본적으로 이타적인 마음을 가지고 있고, 다른 사람을 위해 기도해 줄 줄 알기 때문이다. 그들과 교류하고 협력하면 선한 영향력을 펼치고, 더 나은 세상으로 나아갈 기회를 더 많이 만들 수 있다.

2024년 봄, 나는 링지우산 형추안 스님으로부터 링지우산 스님들을 대상으로 한 경영학 강의 요청을 받았다. 1박 2일 강의 일정이었다. 주지 스님의 인정을 받아 이렇게 큰 강의를 맡게 된다니 굉장한 영광이었다.

나는 그 어느 때보다 강의 준비에 최선을 다했다. 경영학 관련 내용 중 스님들이 마주하는 상황이나 문제에 적용할 수 있는 개념들을 추려 강의안을 작성했고, 최종적으로 '소통, 계획, 지속 경영, 리더십, 혁신'이라는 다섯 가지 핵심 주제를 선별했다.

나는 강의 준비를 하면서 어떻게 하면 기업 경영과 관련된 여러 가지 개념을 비영리 기관 경영에 도입할 수 있을지 고민했고, 첨단 과학과 미학적인 요소와의 융합도 함께 고려해 봤다. 그리고 얼마 후, '어떻게 하면 링지우산이 종교계의 TSMC가 될 수 있을까?'라는 주제로 강의가 시작되었다. 나는 스님들에게 나와 처지를 바꿔 생각해 보도록 유도했다. 때로는 직장에 다니는 회사원으로, 때로는 한 회사를 이끄는 책임자로, 또 어느 순간에는 자원봉사자로 다양한 각도에서 '조직 구성'과 '지속 가능한 경영'에 관해 함께 고민해 봤다.

나는 오랫동안 회사 경영에 참여하고, 비영리 기관에서 자원봉사자로도 활동했기 때문에 누구보다 이 강의에 자신이 있었다. 나는 스님들이 다양한 경영학 개념들을 쉽게 이해할 수 있도록 전문 용어들을 자세히 분석하여 설명했고, 이론을 실무에 적용해 보는 연습도 했다.

첫날 강의가 끝나고 링지우산에서 고요한 하룻밤을 보냈다. 비록 몸은 피곤했지만, 마음은 그 어느 때보다 풍성했다. 그리고 다음 날 아침 일찍 일어나 조용히 산책을 했다. 링지우산 주변은 생태계가 그대로 보존되어 나무와 온갖 식물들이 무성하게 자라나 있었다. 나는 멀찍이 바다를 바라보며 깊이 호흡했고 가슴이 활짝 열리는 것이 느껴졌다. 정비가 제대로 되어 있지 않은 산길이었지만, 내 발걸음은 안정적이었고 마음속은 고요하고 평온했다. 이곳이 바로 인간 세상의 천국인 것 같았다.

스님들은 내 강의에 열심히 참여하고, 적극적으로 질문했다. 나는 그분들에게서 배움에 대한 강한 열정을 느꼈다. 그래서 강연자로서 아주 큰 뿌듯함과 기쁨을 느낄 수 있었다.

다른 사람을 생각하는 마음, '이타심'은 다른 사람을 도움으로써 자신의 탐욕과 어리석음을 다스리고 인생을 원만하게 가다듬는 일종의 수행이다. 어떤 생각을 품고, 어떤 행동을 취하느냐가 바로 당신이 어떤 사람인가를 결정한다. 이타적인 삶은 행복한 인생의 대명사다. 기꺼이 베풀 줄 아는 사람의 삶은 즐겁고 행복하다.

우리 인생은 한 편의 영화다. 이 영화가 얼마나 즐겁고 의미 있을지는 감독인 우리가 어떤 노력을 기울이느냐에 달렸다. 인생이라는 영화의 러닝타임은 통제할 수 없지만, 내용과 완성도는 얼마든지 정교하게 만들어 갈 수 있다. 행복한 삶을 위해 '나눔'을 실천해 보자. 나눔의 크기나 시간은 중요하지 않다. 정성을 다해 나누다 보면, 그 안에서 행복을 발견하는 순간이 찾아올 것이다.

자신을 낮추고 남을 높여 주는 사람

인생이 충만했던 순간은 누군가를 이겼을 때가 아니라,
누군가를 진심으로 도왔을 때다.

젊은 시절에는 무조건 가속 페달을 세게 밟는다.

중년의 나이가 되면 브레이크를 밟는 법을 알게 된다.

노인이 되면 백미러를 바라보게 된다.

인생은 긴 여행이다.

젊은 시절에는 하늘 높은 줄 모르고 자신의 몸집을 부풀리다

중년의 나이에 세상을 이해하게 되면

부풀린 몸집을 조금씩 줄여 나가고,

노인이 되면 내 자신이 거대한 바다에 던져진 좁쌀 같은 존재라는 걸 깨닫게 된다.

이것은 최근 내가 인생에 대해 깨달은 바다.

나는 지금 내 인생에 최선을 다하고 있는가? 나는 종종 자신에게 이런 질문을 던진다. 하지만 최선을 다해 산다는 것은 결코 쉬운 일이 아니다. 최선을 다한다는 것은 지금, 이 순간을 산다는 의미다. 이것은 일종의 깨달음이고, 몸과 마음이 균형을 이룬 상태다.

나는 아직 노인은 아니지만 젊음을 훌쩍 지나 중년의 나이가 되었다. 젊은 시절의 열정은 많이 줄어들었고, 인생에 대한 여러 가지 관점도 이제 담담해졌다. 이런 마음을 갖게 된 건 현재 내가 처한 상황과도 관련이 있다.

나는 이제 50대에 접어들었고, 30년 가까이 직장 생활을 하고 있다. 그동안 엄청난 부자가 되지는 않았지만, 먹고사는 데 걱정이 없고 내 인생에 꽤 만족하고 있다. 이는 분명 아주 진지하고 성실하게, 그리고 무엇보다 사람의 도리가 무엇인지 이해했던 내 젊은 시절에 감사해야 할 일이다.

예전에 한 직장 선배에게 질문을 한 적이 있다. 이 선배는 나보다 나이가 열 살 정도 많았고, 퇴직 전에 전문 경영인으로 여러 다국적 기업의 CEO를 역임한 꽤 유명한 분이었다.

나는 그에게 어떻게 하면 빠르게 승진할 수 있고, 흔들리지 않고 자리를 지켜 낼 수 있는지 물었다.

그의 대답은 매우 간단했다. 사람의 도리를 이해해야 한다는 것이었다. 그는 일을 잘하는 사람은 많지만, 사람의 도리를 이해하고 됨됨이가 좋은 사람은 많지 않다고 했다.

내가 이해한 사람의 도리란, 승자독식이 아니라 다른 사람과 함께 나누는 것이고, 또 한 가지는 자신을 잘 돌보면서 다른 사람도 기꺼이 돕는 것이다.

나는 이 광활한 우주에서 먼지처럼 살다 가는 존재라는 사실을 언제나 마음속에 되새기며 살아간다. 세상을 살다 보면 이런저런 원한을 맺기도 하는데, 미움과 집착을 내려놓을 수 있는 사람만이 해탈할 수 있다. '내려놓기'는 한 번에 쉽게 이룰 수 없고, 꾸준한 연습이 필요하다. '아집을 깨는 것'은 '내려놓기' 위한 가장 중요한 마음가짐이고, 아집을 깨기 위해서는 '자신을 축소'하려는 노력이 가장 중요하다.

선배가 '사람 됨됨이'에 대해 이야기했을 때, 나는 가장 먼저 대만 구오타이진콩國泰金控의 리장경 대표가 떠올랐다.

10년 전, 은행에서 근무하고 있을 때 친구의 소개로 리 대표를 알게 되었다. 리 대표는 굉장히 점잖으시고 누구에게나 친절하게 대해 주셔서 내가 진심으로 존경하는 분이었다. 몇 년 전, 책을 출간하면서 리 대표님께 추천사를 조심스럽게 부탁드린 적이 있는데 흔쾌히 수락해 주셨다. 귀한 시간을 내어 책을 모두 읽은 뒤 정말 감동적인 추천사를 써 주셨다.

그는 다른 사람을 먼저 생각하는 마음 따뜻한 은행가였다. 생활 방식은 단순했고, 회사에서는 자신에게 주어진 일을 완벽하게 해내는 근면 성실한 직원이었다. 그는 좋은 일이 생기면 언제나 모든 공을 자신의 팀에 돌렸다. 이러한 성품으로 늘 상사의 신임과 후배들의 존경을 동시에 받았다.

리 대표는 진정한 리더란 다른 사람의 마음을 잘 헤아릴 줄 아는 사람이라고 강조했다. 그러면서 다른 사람과 다투지 않고, 모든 일을 긍정적으로 바라보는 태도가 직장 생활을 성공적으로 이끈 비결이라고 말했다.

리 대표는 대표적으로 '자신은 낮추고, 남을 높여 주는' 사람이었다.

돌이켜보면 인생이 충만했던 순간은 누군가를 이겼을 때가 아니라, 누군가를 진심으로 도왔을 때다. 경쟁과 쟁취보다는 다른 사람에 대한 선의와 친절이 훨씬 더 오래 기억에 남는다.

인생은 긴 여행이다. 더 많이 사랑하고, 덜 원망하며 살자. 다른 사람을 돕고, 남에게 상처 주지 말자. 이 간단한 신념만 지켜도 인생은 지금보다 훨씬 더 충만해질 것이다.

행복한 삶이란 무엇인가

단점이 꼭 나쁜 것은 아니다.
우리는 단점을 통해
자신의 진짜 본성을 깨달을 수 있다.

타이중 기차역에서 멀지 않은 곳에 중앙 서점이 있다. 이곳은 내가 최근 몇 년간 강연해 온 장소이기도 하다.

나는 타이난에서 고속 열차를 타고 타이중으로 가서 다시 일반 열차로 갈아타고 타이중역까지 이동한다. 기차역에서 나와서는 서점까지 천천히 걸어간다. 기차역에서 서점까지는 대략 1킬로미터 떨어져 있는데, 타이중 구시가지로 이어지는 길이라 고즈넉한 멋을 느낄 수 있다.

한번은 강연이 끝나고 기차역을 향해 천천히 걸어가고 있었다. 골목 사이로 오래된 건축물을 구경하며 지나가는데 삼각형 창문이 달린 집이 눈에 들어왔다. 건물 외벽에는 넝쿨이

자라나 있고, 창문 옆으로 세 개의 깃발이 꽂혀 있었다. 깃발에는 각각 '행복한 삶' '운수 대통' '예쁜 사람'이라는 문구들이 적혀 있었다. 젊은 여성들은 '예쁜 사람' 깃발 앞에서 기념사진을 찍었고, 어떤 남자는 로또 종이를 들고 '운수 대통' 깃발 앞에서 사진을 찍었다. 나도 사람들 틈에 섞여 적당한 위치를 잡고 '행복한 인생'이 적힌 깃발 앞에서 사진을 한 장 찍었다.

그리고 며칠 후 나는 페이스북에 이 사진을 올렸다. 사진을 올리면서 내용에 딱히 행복한 인생을 사는 법에 대해 적지 않았다. 그런데 놀랍게도 자이시에 사는 친구 페이링이 연락해 안후이 아카데미에서 '행복한 삶을 사는 법'이라는 주제로 강연을 해 줄 수 있느냐고 물었다.

페이링이 말한 안후이 아카데미는 불교 기관이다. 2015년 자이시에 있는 위엔동 은행에서 근무할 때 자주 지나던 곳인데, 한 번도 들어가 볼 기회는 없었다. 그런데 사진 한 장이 나에게 그 문을 열어 주다니! 정말 재미있는 우연이었다.

행복한 삶을 사는 방법은 과연 무엇일까? 나는 강연 요청을 받은 이후로 이 질문에 대해 곰곰이 생각해 봤다. 인생의 목표는 과연 무엇일까? 어떤 사람은 많은 것을 가지려 하고, 어떤 사람은 적은 것에도 만족한다. 사실 가진 것의 많고 적음과 상관없이 모든 사람이 추구해야 하는 인생의 목표는 평안과 건강이다. 하지만 사람은 인생의 산전수전을 다 겪은 후에야 평안과 건강의 중요성을 깨닫게 된다.

이런저런 생각을 하다 보니 '평안한 인생'을 위한 네 가지 행동 법칙이 자연스럽게 떠올랐다. '선행' '공헌' '덕 쌓기' '복 짓기'라는 네 가지를 바탕으로, 일상에서 실천할 수 있는 행동들을 하나씩 적어 보았다.

첫째, 선행을 베풀고, 이타적인 습관을 만든다.

둘째, 공헌하고, 희생을 마다하지 않는다.

셋째, 사람 사이의 덕을 쌓고, 자비의 마음을 갖는다.

넷째, 복의 씨앗을 심고, 보시布施한다.

이 네 가지 행동 법칙을 행할 때 그 귀착점은 각각 '건강함' '원만한 인간관계' '긍정적인 마음가짐'이다. 건강은 모든 일을 할 때 가장 바탕이 되는 요소다. 또한 인간관계가 원만해야 누군가와 함께 나아갈 수 있고, 긍정적인 마음가짐을 가져야 위기를 기회로 만들 수 있다.

50대에 접어든 이후, 다시 한번 내 인생 목표에 대해 고민해 봤다. 나는 앞으로 어떤 인생을 살고 싶은가? 그런데 곰곰이 생각해 보니 현재 내 인생이 아주 만족스러웠다. 물질적으로 부족함이 없고, 정신적으로도 풍요로우며, 인간관계도 좋은 편이다. 게다가 꾸준히 선행을 베풀고, 배움에도 매진하고 있다. 꽤 만족스러운 상태다.

한 친구가 내게 성공이 무엇이냐고 물은 적이 있다. 나는 성공이란 먼저 목표 혹은 목적을 세우고 노력을 기울여 목표한 결과를 얻는 것이라고 대답했다. 성공은 많은 부와 명예를 얻는 것이 아니라, 스스로 책임을 지고 자신이 목표한 성과를 조금씩 이루는 것이다.

나는 지금까지 많은 사람의 사랑과 인정을 받았다. 직장 생활에서 많은 성과를 냈고, 출간한 책들이 독자의 사랑을 받았으며, 모금 활동을 할 때마다 목표한 금액을 달성할 수 있었다. 내가 이렇게 견실히 앞으로 나아갈 수 있었던 것은 내 이익이 아니라 다른 사람을 먼저 생각한 마음 덕분일 것이다.

누구에게나 단점은 있다. 그렇다고 단점이 꼭 나쁜 것은 아니다. 우리는 단점을 통해 자신의 진짜 본성을 깨달을 수 있다. 만성적으로 일을 미루는 습관이 있다면 성실하고 적극적으로 행동하는 법을 배워 나가고, 욕심이 많다면 안분지족을 깨닫는 연습을 하며, 다른 사람을 시기 질투한다면 자비로운 마음을 내는 수련을 한다.

살아 있다는 것은 정말 좋은 일이다. 삶에는 희로애락이 모두 있고, 더불어 신의 선물도 존재한다. 그 선물을 기꺼이 받아들이고 생각의 전환을 이루어 낸다면 재미없고 지루하던 인생의 극본도 흥미롭고 의미 있는 대작으로 만들 수 있다.

이것이 바로 우리 인생이다.

사람을 향한 철학

첫째, 진심으로 친구를 사귀고,
둘째, 선의로 교류하며,
셋째, 사랑으로 감싸안는다.

2024년 가을날이었다. 정확히 어떤 강연이었는지 기억나지 않지만, 나는 객석에 있는 청중들에게 이렇게 말했다.

"나 우자더는 남은 인생을 다른 사람을 위해 살 것입니다! 만약 그렇지 않다면 하늘의 부름에 기꺼이 따를 것입니다!"

이 말은 내가 위대한 사람이라는 걸 보여 주려는 것도 아니고, 그동안 내가 얼마나 좋은 일을 많이 해 왔는지 알리려는 것도 아니었다. 다만 다시 한번 선언으로서 다짐하고 싶었다. 50대 이후의 인생은 신체 건강하고, 직장 생활에 발전이 있으며, 원만한 인간관계를 유지하고, 경제적으로 크게 부담이 되지 않는 한, 더 많은 사람을 도우며 살아가겠다고 말이다.

사람은 일반적으로 다섯 가지 욕구를 만족하며 살아간다. 운동을 통해 신체의 건강함을 유지하고, 자신이 잘할 수 있는 일을 통해 사회에 공헌하며, 다른 사람과 교류하며 소통하고, 또 열심히 일해서 돈을 벌어 의식주를 해결한다. 그밖에 '여가 생활'에 대한 욕구도 있는데, 이 욕구야말로 행복한 인생을 결정짓는 중요한 요소다.

여가 생활에 관한 생각은 사람마다 모두 다르지만, 대개는 스트레스받지 않고 즐겁게 할 수 있는 일들이 포함될 것이다. 예를 들면, 운동, 여행, 명상, 대화, 식도락, 예술 활동 등이다.

은행에서 근무하던 마흔 살 무렵, 예순 살 정도 된 한 중급 공무원 고객을 만난 적이 있다. 그는 주말마다 사람들과 모여 야구를 하고, 야구가 끝난 후에는 함께 밥을 먹으러 간다면서 일주일 동안 이 시간만 기다린다고 했다. 그에게 가장 행복한 순간인 것이다.

사실 그때는 왜 그 시간이 그에게 가장 행복한 시간인지 쉽게 이해되지 않았다. 하지만 굳이 되묻지는 않았다. 그저 사람마다 느끼는 바도 다르고, 옳고 그름의 기준 역시 제각각이기 때문이라고 여겨 왔다. 그러나 지금에 와서 보니, 그 차이를 만든 것은 '마음가짐'이었다.

마흔 살 무렵에 나는 아직 성취에 대한 욕구가 아주 강했다. 그래서 돈을 많이 벌고 성과를 올리는 일에 몰두했다. 그러니 어떻게 그분의 행복을 이해했겠는가? 그러나 50대가 된 지금은 그가 느끼던 그 행복과 즐거움이 얼마나 소중한 것인지 알게 되었다.

또 다른 이야기를 하자면, 아직 은행에 근무하고 있는 오랜 동료가 있다. 자산 관리 전문가로 뛰어난 능력을 인정받고 있는 친구였다. 그 친구와 함께 식사하던 날 그가 자신의 속마음을 털어놓았다. 그는 이 분야에서 십 년 넘게 일해 왔고, 이제 퇴직까지 10년 정도가 남았지만, 이 기간을 모두 채울 수 있을지 장담할 수 없다고 했다. 실적과 평판이 좋고, 연봉도 높고 겉으로는 아무 걱정 없어 보이지만 그는 고객들의 자산을 지켜야 한다는 무거운 책임감 때문에 밤에 잠을 잘 자지 못했다.

그래서 그는 휴일만 되면 무조건 가족들과 산에 가서 캠핑을 했다. 주말을 보내는 동안에는 긴장이 풀리고 온전한 내 모습을 되찾을 수 있었지만, 문제는 일요일 저녁만 되면 다시 걱정이 몰려왔다. 거액의 돈을 관리하고, 고객들이 요구하는 각양각색의 난제를 모두 만족시켜 줘야 한다고 생각할 때면

심장이 두근거리고, 불안감이 엄습했다. 그럴 때마다 그의 머릿속에는 빨리 은퇴하고 싶다는 생각만 들었다. 하지만 아직 중학생인 아이를 생각하면 정년까지 버티는 수밖에 없었다.

나는 그가 얼마나 많은 압박에 시달리고 있는지 느낄 수 있었다. 아마도 그는 내가 은행의 사정을 잘 알고, 다른 사람의 이야기를 잘 들어 준다는 걸 알아서 자신의 이야기를 털어놓았을 것이다. 나는 그가 회사를 절대 그만두지 않을 것이라는 사실을 잘 알고 있었다. 그럼에도 누군가에게 속마음을 털어놓는 일은 그에게 분명 의미 있는 일이었다.

이렇듯 스트레스가 크든 작든, 사람들은 잠시라도 발걸음을 멈추고 자신만의 여가 생활을 통해 긴장을 풀고 삶의 균형을 되찾으려 한다.

나는 내가 맡은 일 외에도 다른 사람을 돕는 데 가능한 한 많은 시간을 쓰려고 노력한다. 물론 아직 회사에 몸담고 있기에 계속해서 실적을 내야 하는 처지다. 그럼에도 이제는 내 시간을 조금 더 다른 사람들을 위해 쓰고 싶다는 마음이 커졌다. 나는 이것이 바로 나의 여가 생활이라고 생각한다.

이타적인 삶이란 단순하다. 좋은 일을 많이 하고, 되도록 많이 베푸는 것이다. 이는 세상에서 가장 아름다운 일이다.

사람은 집단생활을 하는 존재이기 때문에 서로 도우면서 살아야 우리 사회가 평화롭게 유지될 수 있다. 하지만 인간의 본성에는 이기적인 면이 있어서 자신을 돌볼 틈도 없는 상황에서 다른 사람을 돕는다는 것은 굉장히 어려운 일이다.

다른 사람을 돕는 것이 정말 즐거운 일이라는 걸 깨달은 건 스물여섯 살 때였다. 청다병원 호스피스 병동에서 자원봉사를 하던 그 해였다.

당시 나는 매주 화요일, 목요일 밤마다 병원에서 당직 근무를 했다. 환자들과 그 가족들은 내 도움에 진심으로 고마워했고, 그때 그분들의 말투와 표정을 보면서 내가 정말 훌륭하고 중요한 사람이라고 느끼게 되었다.

당시 낮에는 은행에 근무했고, 대출 업무를 맡고 있었다. 사실 일주일 중 이틀 밤을 병원에서 자원봉사로 보내느라 새로운 고객을 만날 시간은 줄어들었다. 그럼에도 기존 고객들은 나의 전문성을 신뢰해 주었고, 실적은 오히려 꾸준히 상승했다. 그 결과 그해 영업 실적 전국 1위라는 뜻깊은 기록을 남기게 되었다.

진심으로 다른 사람을 위하고 도우면 하늘도 나를 돕는다는 생각이 들었다.

사람은 절대 다른 사람의 도움을 받지 않고 혼자 힘으로 살아갈 수 없다. 그러므로 평소에 좋은 인연을 많이 만들어 놓으면, 다른 사람의 도움이 필요할 때 누구든 기꺼이 손을 내밀어 줄 것이다.

마지막으로 어떻게 하면 지치지 않고 다른 사람들을 꾸준히 도울 수 있는가에 관해 묻는다면 다음과 같은 세 가지 태도 덕분이라고 말하고 싶다.

첫째, 진심으로 친구를 사귀고, 둘째, 선의로 교류하며, 셋째, 사랑으로 감싸안는다. 이것이 바로 사람을 향한 철학이다.

후기

우요화 아카데미에서 '공덕을 보고 은혜 읽기' 프로젝트를 진행할 때, 고정 강사 여섯 분을 모셨는데 그중 한 사람이 우자더였습니다. 그는 당시 '열정으로 세상을 이끌다'라는 주제로 흥미로운 강연을 진행했고, 저를 포함한 많은 사람의 큰 호응을 받았습니다. 한번은 그가 이런 질문을 던졌습니다. "인맥을 쌓는 이유는 무엇일까?"라는 질문에 법자들은 대개 자신의 이익을 떠올립니다. 그러나 자더의 대답은 전혀 달랐습니다.

"인맥을 쌓는 이유는 이타적인 목적 때문입니다."

그 한마디는 당시 제 마음에 깊은 울림을 주었습니다. 그는 다른 사람을 돕는 일을 곧 자신의 행복으로 여기는 사람이었습니다. 이것이 그의 책을 추천하는 이유이기도 합니다.

장홍즈江宏志, '우요화 아카데미' 창립자

그는 언제나 누군가를 돕기 위해 움직입니다. 저는 그가 추구하는 '이타적인 정신'에 깊이 감동했습니다.

제가 힘들고 좌절했을 때, 그는 가장 먼저 손을 내밀어 주었습니다. 그 순간 저는 그가 강조해 온 '진정한 인맥'의 의미를 비로소 깨달았습니다.

그는 늘 이렇게 말합니다. 이타심은 결국 행복을 불러오며, 베푸는 것 자체가 진정한 즐거움이라고. 그리고 말로만이 아닌 모든 것을 직접 행동으로 보여 줍니다. 변화는 그저 기다린다고 찾아오지 않습니다. 내가 먼저 적극적으로 기회를 찾아 나서야 합니다.

그는 언제나 웃으며 사람을 대하고, 누구보다 삶에 대한 열정이 넘치며, 도전을 두려워하지 않는 사람입니다. 또한 아무리 어려운 상황에 놓여도 긍정적인 마음가짐을 끝까지 잃지 않습니다.

그는 이렇게 말합니다. 사람의 도리를 해내는 것은 중요하다고 말이죠. 그는 아무리 무거운 갈등도 쉽게 풀어내고, 많은 사람의 존경과 신임을 받습니다.

예전의 저처럼 앞날에 대한 불안감과 의문으로 가득 차 있는 사람이 있다면 이 책을 펼쳐 보세요. 이 책이 정확한 모범

답안을 제시해 주지는 못해도 따뜻한 미소로 당신에게 말할 것입니다. 내가 도와줄 테니 너무 걱정하지 말라고….

송이후이宋怡慧**, 단평고등학교 도서관 주임·작가**

우자더는 이렇게 말합니다.

"마음이 안정되면 일이 절로 이루어진다."

마음이 편안해지면 나 자신과의 관계가 조화를 이루고, 그 조화는 자연스럽게 다른 사람들과의 관계로 확장됩니다.

우자더는 이 책에서 '이타심'을 거듭 강조합니다. 저는 이를 '협력'과 맞닿아 있는 개념으로 이해했습니다. 협력을 통해 불필요한 희생과 박탈을 줄일 수 있을 때, 우리는 혼자서는 갈 수 없는 더 먼 곳까지 나아갈 수 있습니다.

자신을 사랑하고, 꿈을 품고, 적극적으로 행동하는 것 역시 나 자신과 협력하는 과정입니다. 그리고 이러한 관계에서 출발해 타인과도 진정한 협력을 이루어 갈 수 있어야 합니다.

홍중칭洪仲清**, 임상심리학자**

나는 종종 내 행위와 가치를 다른 사람의 평가로 판단해 왔습니다. 타인에게 인정받아야만 중요한 사람이라고 믿었던 것이죠. 하지만 진정한 평가는 결국 자기 자신에게서 나와야 합니다. 그것이 자신감의 기반이며, 사람이 한 단계 더 성장하는 과정입니다.

사회에 첫발을 디딘 많은 젊은이가 타인의 인정에 흔들리며 불안해하는 모습을 자주 목격합니다. 때로는 그 불안이 자신의 가치와 행동 원칙까지 의심하게 만듭니다. 그들은 주도성과 열정을 오해한 채, 스스로 움직이기보다 기회를 기다립니다. 그러나 기회는 기다림이 아니라 창조의 대상입니다.

이 책은 이러한 인식을 바꾸기 위해 쓰였습니다. 이 책을 통해 당신은 자신의 가치를 다시 바라보고, 스스로 성장의 기회를 만들어 가는 법을 배우게 될 것입니다. 자신을 믿는 순간, 길은 열립니다. 그리고 기회는 언제나 준비된 사람 앞에 나타납니다.

홍징洪瀞, 청다成大대학교 교수

이 책에는 자더의 인생에 대한 깊은 성찰이 담겨 있습니다. 그의 섬세한 문장은 읽는 내내 제 삶을 돌아보게 했고, 그 과정에서 좋은 일이든 나쁜 일이든 모든 경험이 마음을 단련시키는 계기였음을 깨닫게 했습니다. 그는 인생의 핵심은 무엇을 마주하느냐가 아니라, 무엇을 깨닫고 무엇을 바꾸며 어떻게 행동하느냐에 있다고 말합니다.

자더의 글은 지혜와 따뜻함으로 가득합니다. 그는 자신의 삶을 성찰하는 데 그치지 않고, 세상과 적극적으로 대화합니다. 길에서 만난 낯선 사람들과 이야기를 나누고, 팟캐스트를 통해 자신의 생각과 열정을 나누기도 합니다. 그의 책은 단순한 지침서가 아니라 독자에게 건네는 하나의 초대장입니다. 이 책을 통해 당신은 삶의 여러 지혜를 만나고, 어느 순간 자신이 나아가야 할 새로운 방향을 발견하게 될 것입니다.

뤄샤오허羅紹和, 안드레아 자선 협회 실무장

인간관계와 소통은 제게 가장 큰 약점이지만, 동시에 우자더 작가의 가장 큰 강점이기도 합니다. 저는 그의 책을 통해 지난 3년간 사람들과 소통하고 교류하는 법을 배워 왔습니다. 대화를 시작하기 전 어떤 마음가짐이 필요한지, 첫 마디는 어떻게 꺼내야 하는지, 그리고 어떻게 말을 이어 가며 질문해야 하는지에 대한 통찰이 그의 책 곳곳에 담겨 있습니다.

특히 이번 책에는 타인을 생각하는 이타심과 내면을 단련하는 수행에 관한 중요한 메시지가 더해졌습니다. 인간관계를 개선하고 마음의 수양이 필요한 분이라면, 이 책에서 그 출발점을 찾을 수 있을 것입니다.

에릭, TMBA 공동창립자, 『내면의 힘』 시리즈 작가

좋은 사람이 이기는 인생 법칙

펴낸날 2026년 3월 20일 1판 1쇄

지은이 우자더
옮긴이 이지수
펴낸이 金永先
편집 김샛별
디자인 김유진

펴낸곳 지니의서재
주소 경기도 고양시 덕양구 청초로 10 GL 메트로시티한강 A1-1924호
전화 (02) 719-1424
팩스 (02) 719-1404
출판등록번호 제13-19호
ISBN 979-11-94620-27-3 (03800)

지니의서재와 함께 새로운 문화를 선도할 참신한 원고를 기다립니다.
이메일 geniesbook@naver.com (원고 투고)

• 이 책은 저작권자와의 계약에 따라 발행한 것이므로 본사의 허락 없이는 어떠한 형태나 수단으로도 이 책의 내용을 사용하지 못합니다.
• 파본은 구입하신 서점에서 교환해 드립니다.